十字架の愛罪

バーバラ片桐

Barbara Katagiri

f-LAPIS LABEL

イラストレーション／明神　翼

Contents

※本作品の内容はすべてフィクションです。

〔一〕

令毅《れいき》にとっての一番古い記憶は、誰かに手を取られて、商店街の狭い道を歩いているところから始まる。

街を飾る色とりどりのイルミネーションと、耳の奥に残るジングルベルのメロディ。呼びこみの声があちこちから響き、行き交う大勢の人の隙間《すきま》を、令毅は誰かに強く手を引かれて歩いていた。

何かものすごくつらくて悲しいことがあって、胸がいっぱいだった。見捨てられ、独りぼっちで寂しくてたまらなかった。

それでも、引かれている手のひらの感触だけは確かで、令毅は迷子にならないように指に力をこめる。

足を止めたら、その場に倒れて動けなくなってしまいそうだった。

手を引いてくれる人が誰だったのか、覚えていない。

記憶にあるのは、大人の大きな手の感触だけだ。あれは、誰なのだろうか。令毅の父親か、血の近い親戚《しんせき》か。

記憶は飛び、次に残っているのは、彼の声だ。音声として記憶しているのではなく、言われた言葉の意味だけが脳のどこかに刻まれていた。

――いいか、ここで待ってろ。

教会の門の脇《わき》で、彼はそう言って令毅の髪をくしゃっとかき混ぜた。

自分がこれから見捨てられるんだということを、幼いながらも令毅は予感していたのだろう。

独りぼっちにされたくないという強い寂しさに浸されながら、彼の顔を見上げた。どんな顔だったのかは覚えてないのに、ひたすらいい子でいなくてはいけないと思ったことは覚えている。そうじゃないと、彼は迎えに来てはくれない。

――早く帰ってきて。いい子にしてるから。

涙がにじみ出しそうな、切ない思いがあった。

イルミネーションが凍りついたように見えるような寒さの中で、彼が最後に手のひらで温めてくれた頬《ほお》が冷え切り、空に白い雪がちらちらと舞い始める。

それでも令毅は涙を懸命にこらえ、ひたすら彼が戻ってくるのを待っていた。

待つしかなかった。

どこかから聞こえてくる聖歌。鐘が清らかに鳴り響く音。

それが、令毅にとっての最初のクリスマスの記憶だ。

魂が震え出しそうなその夜のことは、十のときにリセットされた記憶の最初に刻まれている。

令毅が神父になった理由はいくつかあるが、そのときのことが強い動機となったことは否定しきれない。

——神は信じるものを決してお見捨てにならないから……。

世界のすべての人が令毅を捨て去ったとしても、神だけは令毅を愛してくれる。神がいれば、令毅は一人じゃない。孤独を味わわなくてすむ。

それくらい、見捨てられた寂しさというのは、令毅の心の奥深くに影を落としていた。

〔二〕

哀しげな弔鐘《ちょうしょう》が鳴り響く中、篠崎《しのざき》希望教会では、長い間神父を務めていた篠崎建典《たけふみ》の葬儀が執り行われていた。

純白のリネンで仕立てた丈の長い祭服に身を包み、首からストールをかけているのは、ここの後継者の篠崎令毅神父だ。動くたびに細身の綺麗《きれい》な身体のラインが引き立ち、静寂を破るのを恐れるかのようななめらかな挙措《きょそ》と美貌《びぼう》とがあいまって、神々しいばかりの美しさを放つ。

透き通るような白い肌が普段よりも青ざめ、憂いを帯びた切れ長の瞳が、令毅の悲しみを感じさせた。

令毅が聖堂のドアを押し開け、中に入っていくと、立ち並ぶ信徒たちが悲しみに満ちた視線を送ってきた。

祭壇の前に、信徒からの献花で埋もれた柩《ひつぎ》が据えてあった。

令毅はまっすぐ祭壇に向かい、そこに据えられた柩の前でひざまずく。

——篠崎神父さま。……最後のお別れを。

教会を満たす蝋燭《ろうそく》の炎に照らされて、まだ生きているようにも見えた。

師であり、親代わりでもあった人だ。柩を見ただけで、涙があふれそうになる。花に埋もれて、篠崎神父は安らいだ表情を見せていた。手には木製のキリスト像が握られ、ロザリオがかけられている。

教会に捨てられた令毅は、篠崎神父の愛に包まれて成長した。大きな存在を失った今、心にぽっかりと穴が開いている。

——私に、神父の代わりができるだろうか。

背負わされた重荷に、令毅の肩が震える。

しかし、身よりのない令毅を大学の神学部に進学させてくれた篠崎神父や、この教会の古くからの信徒の人々に対する恩返しはそれしかないのだ。

自分がこの教会を担っていくのだと思うと、いい知れない胸騒ぎを感じた。

大きな不安を飲みこみ、奥歯を噛《か》みしめたとき、内陣の聖歌隊席から、ミサの始まりを告げる聖歌がわき起こった。

その歌に身をゆだねながら、令毅は天を振り仰ぐ。

——篠崎神父。……どうか私を、あなたのお心にかなうように導いてください。

天井から降り注ぐような光を、一瞬だけ感じた。

今から十五年ほど前、十歳の令毅はクリスマスの夜に篠崎希望教会の前に置き去りにされた。

十にもなれば、普通は幼いころの記憶はあるものだが、令毅にはこの教会に来る以前の記憶がない。

唯一覚えているのは、手を引いてくれた男の温かい手のひらの温もりだけだ。それすら、誰のものかわからない。

『何か深いお考えがあって、神は令毅の記憶をお隠しになったのですよ。いつか必要があったときに、神はその記憶をよみがえらせるかもしれませんし、ずっとそのままかもしれません。どちらにしても、あなたは神に愛された、大切な子供です』

篠崎神父は、そう言って令毅に穏やかに微笑みかけた。

令毅はそのまま教会に引き取られ、篠崎神父の養子として育てられることとなった。

しかし、捨て子とは言っても、生まれたばかりの赤ん坊ではないのだ。捜索願も出されているだろうし、身元が突き止められないはずがない。

おそらく、篠崎神父は令毅の身元を知っていたのだろう。

それでも最後まで何も教えてくれなかった。思慮深い人だから、おそらく令毅が知らないほうがいいと判断したに違いない。

――両親は、もう死んでいるとか、殺人を犯したとか……？

自分の親のことを想像してみるたびに、令毅は漠然とした不安を覚えた。

忘れたほうがいいつらい思い出があって、十歳の令毅は過去の記憶をすべて捨てたのかもしれない。過去を思い出そうとするたびに、かすかな胸騒ぎがあるのは、そのためなのだろうか。

結局、篠崎は令毅の身元については何も語らないまま、神に召された。

心残りと、かすかな安堵《あんど》が令毅の胸にはある。それでも、自分の手を引いてくれたあの男についてだけでも知りたかった。

神父の残した資料を整理すれば、そのあたりの書類は出てくるのだろうか。

それでも今は神父を失った悲しみに耐え、あとを引き継ぐことだけで精一杯だった。

ミサのあと、令毅と数人の信徒は葬儀屋が準備してくれた車に乗り、火葬場に向かった。

それから教会に戻って、待っていてくれた他の信徒たちと一緒に奥にある小さな墓地に骨を納める。

信徒たちと別れ、令毅が一人で司祭館に戻ろうとしたときに、騒ぎは起こった。玄関前の石のアプローチに立ったとき、令毅の周囲をガラの悪い男たちがぐるりと固めたのだ。

「どうも、神父さま」

顔見知りの借金取りが、令毅に気安く話しかけた。

令毅は一瞥《いちべつ》だけ残して去ろうとする。

「今日は安息日です。あなたも、家に戻って神に祈りなさい」

「祈れ、だってよ」

彼らはゲラゲラと笑う。

大切な人を亡くした悲しみに浸ることすら許してくれないその非情さと無礼さに、令毅は鋭く声を放った。

「下がりなさい！　ここは神の家です。土足で踏みこむことは、許しませんよ！」

その態度が生意気に見えたのか、男は令毅が開こうとするドアの前に立ちはだかった。ことさら顔を近づけて、恫喝《どうかつ》するように声に力をこめる。

「今日はまた、一段と綺麗だな、神父さま。葬式だったんだって？　その保険金とやらで、金を払うアテでもあるのかな？」

——金など……！

あるはずがない。

令嬢のまなざしがきつくなり、追い詰められたものに変わる。

篠崎希望教会は、信徒からの寄付金でまかなわれている貧しい教会だった。

世知辛《せちがら》い世相と、周囲の再開発による古くからの住民の減少とによって、教会は年ごとに信徒の数を減らし、運営費すら出ないありさまとなっている。

そんなときに、篠崎神父の病気が重なった。

長引く入院に加えて保険外となる治療や手術が必要だったために、費用はふくれあがっていく。

——それでも、もっと私がしっかりしていたらよかったのだ。

悪人が優しい顔をして人を騙《だま》すということを知らず、教会に金を貸してくれない金融機関に歯がゆさを覚えていたころ、善人のふりをして近づいてきた柄井《つかい》という悪徳金融業者にやすやすとつけこまれた。

『返却など、いつでもいいのです。私は昔、篠崎神父に大変お世話になりましてね。ほんのご恩返しがしたいのです。ただ……形式上、書類にサインをしていただかないわけにはいきませんが』

そんな柄井はやがて豹変《ひょうへん》して、本性を剥《む》き出した。

——ここの土地が目的だった。

この一帯に大きな再開発計画があって、用地の買収が進められていると知ったときには、もう遅かった。

借金は法外な利息によって一千万円近い額にふくれあがっていた。そうなってやたらと返済を求めてくる柄井に、いつでもいいと言ったではないかと言い返しても、証書を手にとぼけた顔で笑うだけだった。

『そんなこと言いましたっけ？　何か証拠でもありますか。最終の返却期限が、十月末。それまでに全額、耳をそろえて返却していただけないと、担保としてこの土地をいただくことになりますが』

——バカだった。

土地建物を担保とする書類も、『ほんの形式上』と言われてサインをしたものだ。それが目当てだとあとになってわかっても、今さらどうしようもない。

十月末まで、あと二週間。

今ではやくざのようなガラの悪い男たちが連日やってきて、借金が返せないのならとっとと荷物をまとめて出て行けと、しつこくねじこんでくる。月末には、本気でこの教会を壊したいのかもしれない。そのために、早く住民を追い出す手はずなのだろう。嫌がらせのような追い立てを食らっている。

「お金は必ず返します。もう少し待っていただければ、必ず！」

金を払うアテなどないが、出て行けば教会は壊される。

何が何でもここに居座ってやるつもりで、令毅は男たちに必死で言い返す。すると、鼻で笑われた。それでも言いつのる。

「この教会は畳みません！　大切な祈りの場ですから」

「――もう待てねえ。最終的な期限は、今月末だ。今月末！　耳をそろえて返さねえと、何が何でも出て行ってもらうからな。裏手の墓場もブルドーザーでつぶすから、大切なものだけはとっとと移動しとけ。骨など掘り出したら気持ち悪い」

「ですが！」

言い返そうとした令毅は、男に恫喝された。

「うるせえ！　ごちゃごちゃ言うんじゃねえ！」

そのとき、にらみつける令毅の目つきにそそられたように、くわえタバコの大男が男たちの中から出てきた。太い腕を伸ばされて、令毅の肩はいきなりドアに押しつけられる。

「……っ！」

それだけで、ほっそりとした令嬢の身体は縫《ぬ》いつけられたように動けなくなっていた。

大男が、令嬢の顔をのぞきこむ。

「それとも、教会の代わりにてめえが身売りでもするか？　綺麗な神父さま。てめえぐらい綺麗な男だったら、女と間違えて買ってくれるやつはいるかもしれねえ」

違いねえ、と男たちがゲラゲラ笑う。

「こんなところにいるなんて、もったいねえぐらいの美形だ。女でも、これくらい綺麗な顔は、滅多にいねえ。ちょっと味見させてもらいたいぐらいだ」

「その手を離せ！」

窮地《きゅうち》に追い込まれて大声で怒鳴ったそのとき、威圧的な低い声が、周囲の喧噪《けんそう》を断ち切るように響いた。

「おい。てめえら。……何してやがる！」

令嬢や男たちが振り返る中、声の主は落ち着いた足取りで近づいてきた。

喪服のような黒のスーツに、エナメルのシューズ。そして、首には純白のシルク・サテンのストール。

遠目では長身の姿のよさしか感じ取れなかったが、近づいてくるとものすごい威圧感があった。

まっすぐに伸びた鼻梁《びりょう》と、サングラス越しにもわかる彫りの深さから考えると、少し西洋の血が混じっているのかもしれない。見るからにヤクザという雰囲気ではなかったが、うちに秘めた迫力が、本物ではないかと思わせる。

彼が篠崎神父の追悼ミサに出席していたことを、令毅は知っていた。

その男の登場に、男たちは明らかに動揺していた。

「あ、あなたは……！」

——あなた？

大男の変節に、令毅は驚く。気づけば、男たちは皆、彼の登場に直立不動になっていた。

彼は、この男たちのボスなのだろうか。

「てめえら。清らかな神父さまをからかうのも、いい加減にしろや」

彼は歩み寄るなり、大男の禿頭《とくとう》をわしづかみにして、司祭館のドアにたたきつけた。

「——っ……！」

鈍い音がした。

続けて、彼はエナメルの靴で大男の尻を蹴《け》り上げる。暴力沙汰に慣れたような、ことも
なげな動きだった。純白のストールが、かすかに揺れただけだ。

大男は目を回しながら、男たちの数人を巻きこんで倒れた。他の男たちは彼に文句一つ

言うわけでもなく、ひたすらかしこまっていた。

——これって……。

こんなシーンを見たことがある。

ヤクザが自分の舎弟を怒鳴ったり、殴ったりすることで、取り立てる相手を萎縮させる場面だ。令毅を騙したあの金融業者も、最初の取り立てのときにそんなことをして、ひどく令毅をおびえさせた。

——ということは。

令毅は警戒に、気を引き締める。

救いの手が差し伸べられたわけではなく、彼は悪徳金融業者の一味なのだ。

その証拠に、彼がタバコをくわえると、男たちは争って火を差し出していた。

彼はタバコの煙を深く吸いこみ、地面に向けて吐き出してから、男たちに偉そうに命じた。

「邪魔だ、邪魔だ。てめえらはとっとと消えろ。俺はこの神父さまに用事がある」

その言葉に、令毅はさらに確信を深めた。

令毅がこの教会から出て行く様子を見せないから、とうとう上役が乗り出してきた、というところだろうか。

「ですが、伊沢《いざわ》さん。俺たちは、ここに金を――」

反論しようとした男は、伊沢と呼ばれた男ににらまれて、言葉を途中で止めた。

サングラス越しに男たちをねめつけながら、伊沢は静かに言い放つ。

「消えろって言っただろ。何度俺に、同じことを言わせる気だ?」

軽い言い方なのに、その声には有無を言わせぬ迫力があった。

男たちはそれ以上伊沢に逆らう気はないらしく、バラバラと頭を下げて、立ち去っていく。

そんな彼らを、伊沢はタバコを吹かしながら見送った。

令毅は、腹をくくることにした。

――ちゃんと話し合いをしなくては。

単に金がないと言い張るだけで、追い返せるような相手ではなさそうだ。何とか最終返済期限の繰り延べを、伊沢に認めてもらわなくてはならないだろう。

気力をみなぎらせる令毅をよそに、伊沢はタバコを地面に落として踏み消し、そのまま歩み去ろうとした。

――え?

そんな伊沢に驚いて、令毅は反射的に呼び止めていた。

「……あの……！」

「何だ？」

伊沢が振り返る。

サングラスをかけたまま、無表情で令毅を見つめ返していた。

正面から見ると、なおさら彼のまとう冷ややかな空気に威圧されそうになる。

「中にどうぞ」

「ん？」

「……お話は、中でゆっくり」

この男としっかり話をつけておかないと、今後もさきほどのような嫌がらせを受けることだろう。

もう腹はくくった。何とかして、教会を守る方向で話をつける。

気負いと混乱で、令毅には余裕がなくなっていた。

この男が借金取りとは無関係だということなど、頭の端にも浮かばなかったのだ。

伊沢がこの教会を訪ねたのは、十数年ぶりだった。

白いペンキが塗られた木造二階建ての司祭館は、縦長の狭い窓が特徴的な古い建物だった。大切に修繕を重ねて使ってはいたが、中に入るとなおさら古さが際だつ。

歩くたびに床がぎしぎしと音を立てた。

「ボロいな。地震が来たら、あっという間につぶれそうだ」

思わず伊沢が正直な感想を漏らすと、令毅の肩がかすかに震えた。

「だから、早くつぶして土地を譲れと言いたいのでしょうが、そのつもりはありませんから！」

——土地を譲れ？

その言葉に、伊沢はかすかに眉を上げる。

いきなり噛みつかれたのは、伊沢がさっきのやつらの仲間だと勘違いしたせいだろうか。

——なるほどね。俺はヤクザに見えるってわけだ。

思わず、くっくっと忍び笑いを漏らしてしまう。

その声にまた、令毅が肩を震わせて、伊沢のほうを気味悪そうに透かし見たのがわかった。

その容姿の美しさに、伊沢の目は惹《ひ》きつけられる。

——猫みたいなやつだな。

やたらと外見は高貴で綺麗だが、人に慣れないツンケンとした美しい猫だ。

ミサのときには神々しく、墓石の前では今にも泣き出しそうな心細さを見せ、信徒たちに囲まれたときには、気丈そうに笑ってみせる。令毅のそんな表情の移り変わりに、伊沢は興味を惹かれていた。

追悼ミサだけ出てとっとと帰ろうと思っていたものの、すぐには教会を立ち去らず、埋葬まで見物したあげくに、ブラブラと周囲をうろついていたのも、もっと令毅のいろんな表情が見たかったせいだ。

――借金取りに囲まれていたときは、暴漢に襲われたお姫さまのようだった。

思わず止めに入ってみたが、伊沢の役割はお姫さまを助ける王子さまではなく、さらなる暴漢だったというわけだ。

――なるほどな。俺らしいというか。

伊沢は愉快な気分になってきた。

――だったら、リクエストに応えて、借金取りでいってやるか。

それは、さほど難しくはない。

伊沢は、元ヤクザだ。だが、人生の途中でとある出来事があったために、ヤクザとは一線を画し、非合法には手を染めないときっぱり決めた。

今はいっぱしの実業家になっているが、それでもヤクザやチンピラは伊沢の顔を見るだけで縮み上がる。伊沢がオーナーを務める伊沢エステートは不動産業として大きな力を持っていたし、ヤクザは不動産とは切っても切れない関係だ。伊沢エステートを敵に回すのは賢くないと、判断するからだろう。

そして伊沢の身体に染みついた闇の臭いは、そう簡単に消えるものではないのかもしれない。

世間知らずの神父が誤解したのも、当然といえば当然だ。教会にフラリと現れた敬虔《けいけん》な信徒には到底見えないというわけだ。

伊沢を居間に通して席を外していた令嬢が、飲み物を運んできた。

ミサ用の白い衣を、ローマンカラーの黒の神父服に着替えている。その禁欲的な服があまりにもよく似合っていたので、伊沢は思わず口笛を吹く。

からかわれたと思ったのか、なおさら令嬢が表情を強ばらせた。

猫のようにつり上がった切れ長の瞳が、負けず嫌いな光をたたえて、きらきらと輝いている。ミサのときには天使のように気高く、慈愛深く見えたくせに、こうして間近にすると、そのきつい目の光に射抜かれる。

さっきの男たちが暴走したのは、この瞳に挑発されたせいだと納得できた。

——なるほどね。

屈服させてやりたいような、男の獣欲を刺激する瞳だ。身にまとった禁欲の衣装といい、この白い肌を暴いて、穢《けが》したくなる。そんな背徳的な色香が、この綺麗な神父にはあった。

じろじろ眺め回す伊沢をにらみ返しながら、令毅は紅茶のカップを置いてくれる。

「どうぞ」

しかし、カップは伊沢の分だけで、令毅の分は準備されてはいないようだ。

「てめえは飲まねえの、神父さま」

不思議に思って尋ねてみると、令毅はふと視線をそらした。

「——ええ。のどは渇いていませんから」

ここまで嘘が下手な人を見るのも、久しぶりだった。

ミサでしゃべり続けたせいか、ほんの少し語尾がかすれている。そんな声も色っぽくていいが、水分が必要なのは誰にでもわかる。

紅茶のティパックにすら不自由するほど、この教会は貧乏なのだろうか。

——まさか。……いやでも、……本気か？

伊沢は令毅を観察する。

令毅は背をピンと伸ばして椅子に座り、大切な商談でもする前のような張り詰めた緊張感を漂わせていた。

『茶の一杯も出さない』と舐められないように、貴重なティパックを使ってお茶を入れてくれたのだろうか。

そんな事情がわかったら、このやせ我慢神父に飲ませてやりたくなった。何だか、やけに可愛らしい。伊沢ものどが渇いていたが、さほど水分を必要とするわけではないのだ。

伊沢はニヤニヤと笑った。

「俺は口が奢《おご》ってるから、安いティパックで入れた茶なんて飲めないの。てめえが飲めよ」

「聖水でいれたお茶ですよ。あなたの身体が内側から浄められるように、願いをこめました」

「だったら、なおさらそんなものは飲めないな。毒にあたる」

伊沢は笑って、あごでカップを下げるように指し示す。

その尊大な態度に、令毅の表情が険しくなった。

「毒など入れてませんが」

話が通じない石頭だ。敵の施《ほどこ》しなど受けないつもりらしい。

それとも、伊沢の意志伝達手段に問題があるのだろうか。

——だから、俺はてめえに飲ませてやるって言ってるんじゃねえかよ。

素直に好意を受け取ろうとしない令毅の態度に、伊沢は焦れてきた。

カップをわしづかんで令毅の前に置いてやろうとしたが、令毅は伊沢の態度に殴られるとでも思ったらしい。防御しようとするようにあげた令毅の手がカップに触れて、テーブルに紅茶がこぼれた。カップは床に落ちて割れる。

「何をするんです、あなたは！」

立ち上がった令毅に怒鳴られて、伊沢はムッとした。伊沢の好意は通じなかったどころか、完全に逆効果だった。

「るせえ！　とっとと拭《ふ》け。俺の服が汚れる」

――神父の服も。

「言われなくたって、します」

令毅はまずはテーブルの下に屈みこみ、カップの破片を拾おうと手を伸ばした。しかし、あまりにも白い細い指だったから、破片にすら切れて血を流しそうで、伊沢は阻止しようと足を伸ばす。だがそれは、令毅の手を蹴るだけの結果に終わった。

「何するんです！」

キッとにらまれた。

さすがに伊沢はそれ以上の手出しを止め、椅子の上で借りてきた猫のように手足を丸めた。

——あーあ。

タバコの煙に紛れて、ため息をついた。

やっぱり、下手な親切心など起こすのではなかった。

伊沢が興《おこ》した伊沢エステートは、短期に急激な成長を遂げた。そんな新しい会社には、カタギになりたがっていた裏社会の知り合いを何人か引っ張ってきている。コワモテがそろっているせいで暴力団相手のトラブルにひるむことはなかったが、ややもすれば内規が緩みかねない。

それを引き締めるべく、恐怖政治に似た支配体制を確立している。非情でコワモテで計算でしか動かないような顔を部下には見せている伊沢にとって、ごくまれにやたらと気になる人がいた。そんな相手に気まぐれで善行を行っても、いつも外見とのギャップで悲惨な結果で終わることが多いのだった。

よぼよぼの婆《ばばあ》が大荷物を持っているのを見かねて手を貸そうとすれば、泥棒と思われて入れ歯で噛みつかれ、子供に菓子をやろうとすると、幼女誘拐犯だと間違われる。さんざん苦労をして契約を取ってきた部下に世話をかけたときには、小遣いでもやろうと一時金を支給しようとしたことがあったが、逆に首切りの予告かと勘違いされて、翌日には強ばった顔で辞表を差し出された。

――あのときは大変だった。何か不始末でもしでかしたのかとそいつが誤解して、指を詰めようと思い詰めてたりしてな……。

彼は闇社会の出身だった。一度闇に手を染めた人間は、カタギには戻りにくい。そんな彼を、すくい上げてやったのが伊沢だったのだ。

しかし、親切などしなれてないから、たまにしてもうまくできない。

慣れないことは、するものではないのだろう。

腐ってきた。机にドカッと靴を乗せ、伊沢はタバコをくわえて、紫煙をくゆらす。

「で？　どうすんだ、これから。借金まみれなんだってな、ここは」

令毅は机の下で床を拭きながら、言ってきた。

「何とか、月末までの最終支払期限を延ばしていただきたいのですが」

「延ばしたら、支払えるアテでもあるわけ？」

伊沢は室内を無遠慮にじろじろと眺め回した。

壁に磔刑《たくけい》のキリスト像がかかり、粗末な木製の家具がいくつかあるぐらいで、金目のものは何一つ見つからない。

いくら借金があるんだか知らないが、こんな小さな教会に集金力はないだろう。今日のミサに列席していた信徒にも、金を持ってそうなやつはいなかった。伊沢のそのあたりの値踏みは確かだ。

いくら待っても、この教会から金は引き出せない。この教会に金を貸した人間も、そう判断するに違いない。

「何とかします」

「そんな精神論を聞きたいわけではなくてさ。具体的にどうやって金を出すのかって、聞いてんだよ、俺は」

昔取った杵柄《きねづか》というのは怖ろしいもので、伊沢の口調は自然と借金取りのものになった。

「どっか、金の入るアテでもあるわけ？　代々伝わる教会のお宝を売り飛ばすとか、財産をがっぽり残して、死にそうな信者とか」

念のため聞いてみただけだが、不謹慎だと思ったのか、令毅の表情が引き締まる。

「そんな都合のいい話があるわけもありませんし、あってもそのようなことはできません」

せっかく相談に乗ってやろうとしたのだが、怒鳴られてばかりだ。

「だったら、どうするつもりだよ。いくら借金があるんだって？」

伊沢の問いかけをイヤミと取ったのか、令毅は怒ったように言い返してきた。

「一千万です。ご存じの通り！」

「一千万、ね」

伊沢は確認するように繰り返す。

――貸すほうも貸すほうだな。

このボロ教会には、到底返済できそうもない額だ。

このあたりの土地が値上がりしていることは、伊沢も知っていた。教会ではなく土地が目当ての阿漕《あこぎ》な金融業者か不動産会社につけこまれたに違いない。

助けてやる義理はないが、どうするつもりか、気になった。

「で？　金を返す方法は？」

「教会の空いている時間に、私が懸命にバイトをして、上部団体にも相談して、信徒の方からも寄付を集めてみたいと思っているのですが……」

「それくらいで、一千万がどうにかなるのかよ。あんなナフタレン臭い喪服着てた年寄りどもじゃ、ろくに集まりそうもないだろうが。他に方法でもあるわけ？」

令毅は手を身体の前で組み、心を落ち着かせるようにつぶやいた。

「ただ、神に……」

「ん？」

「神に、祈りを捧《ささ》げるだけです」

しばらく沈黙したあと、伊沢はため息と同時に煙を盛大に吐き出した。

——バカバカしい。

会話を続ける気もなくなる。

「だったら、せいぜい神に祈ってろよ」

言い捨てて、伊沢は部屋から立ち去った。

令毅が何か呼び止めたようだが、振り返ることなく、司祭館から出て行く。

見捨ててやるつもりだった。

——何が、神だ。

神も仏も、あるはずがない。

伊沢は十五のときから、一人で生きてきた。

伊沢の生きてきた世界は、自分以外はすべて敵の、力こそ正義の世界だ。

忠誠は裏切りに変わり、油断すれば寝首をかかれる。そんな世界にどっぷり浸っていた伊沢にとって、神に祈れば何とかなると信じている令毅の生ぬるさは我慢ならない。他人を信頼したら、とっくに伊沢は命を失っていた。

——阿呆《あほ》め……！

浮き世離れした、ハレルヤ集団。伊沢とは無縁な、貧しくて清らかな人々。

それでも、彼らのことが気になってたまらない自分に、伊沢は気づいていた。

――きっと俺は、月末に来てしまうんだろうな。

そんな予感がする。

坂を下ると、ピカピカの黒塗りのベンツが停まっていた。

待ちわびた様子の運転手と秘書が、伊沢の姿を見つけて居住まいを正す。運転手に白手袋でドアを開かれ、伊沢はしなやかな身のこなしで乗りこんだ。

「佐々木《ささき》」

伊沢は助手席に座る秘書に、短く命じた。

「――教会に関わっている金融業者を調べておけ。篠崎希望教会」

「わかりました」

走りゆく車の窓から、伊沢は教会を見上げる。

それからすぐに、ムッとして視線をそらせた。

〔三〕

返済のメドが立たないまま、月末まで令毅は駆け回った。

ミサのない平日でも、神父はそれなりに忙しい。

日曜日のミサの準備をし、隅々まで聖堂と司祭館を掃除して、信徒の家を訪問したり、お知らせを作成したりする。雑務もいろいろあった。その合間を縫って、バイトにも出かけなければならない。

教会を守ろうと必死だった。

貧しい信徒たちに、教会が背負った借金のことをなかなか切り出すことができない。言ったところで、どうにかなる額ではないのだ。

そして、あっという間に借金の返却期限の十月末が来てしまう。

ミサの開始の時間は過ぎたというのに、教会の聖堂内は静まりかえっていた。

信徒の多い教会ではないが、毎日曜日には静かな祈りの時間を持つことができたのだ。

侍者の少年や、ミサの手伝いをする役員までも現れないことに、令毅はたまらない不審を覚えた。

聖堂のドアを押し、外を見る。

蝋燭の薄暗さに慣れた瞳に、よく晴れた外の光はまぶしく映る。聖堂の周りの木々が紅葉し、落ち葉が増え始めているころだった。

視線を教会の門に向けたとき、令毅の目が見開かれた。

ようやく令毅は、誰もミサに現れない理由を悟る。

教会の門が勝手に締め切られ、道をふさぐように柄《がら》の悪い男たちがたむろっていたのだ。真横に、パワーショベルが置かれていた。

暴力的な男たちにこのように威嚇《いかく》的に門をふさがれていては、信徒たちは恐怖に震え上がり、そのまま家に引き返すしかないだろう。

「何です、あなたがたは！」

令毅は門に向かいながら、叫んだ。

頭に血が昇っているのがわかった。

門を開くなり、パワーショベルが動き出す。パワーショベルはまっすぐ聖堂に向かっていった。

——まさか聖堂を!!

有無を言わせず、教会を壊すつもりなのだろうか。

「やめなさい！」

令毅は走って追いすがり、前進を続ける車の前に回りこみ、立ちはだかった。

何トンもあるような建設機械は巨大で、令毅など簡単につぶせそうだ。

大きな嘴《くちばし》のようなアタッチメントが、頭上に威嚇的に振り上げられて、恐怖と危機を覚えたが、令毅は全ての力を目にこめてパワーショベルをにらみつけた。

——轢《ひ》くんだったら、轢いてみろ……！

この教会を守るためなら、轢かれてもいい。

身体を投げ出した令毅の阻止に、パワーショベルは停止した。運転席から逞《たくま》しい作業服姿の男が下りてきて、令毅の肩をつかみいらだったように突き飛ばす。

「どけ！」

令毅の身体は、土の上に転がった。

「嫌だ……！」

抵抗すると、さらに突き飛ばされて神父服が土にまみれた。

ふらつきながら立ち上がろうと膝《ひざ》を立てた令毅の目に飛びこんできたのは、男たちのずっと後方にいる印象的な男の姿だ。

目立つ男だ。令毅のまなざしは、一直線にそこに吸いこまれていく。

——伊沢……！

仇敵《きゅうてき》を見つけたように、令毅のまなざしが鋭くなった。

伊沢は前と同じような洒落《しゃれ》た身なりをして、タバコの煙が染みるかのように目を細め、不機嫌そうな仏頂面で立っていた。

彼らの上役として、この教会が更地になる様子を見守る必要があるのだろう。

——許せない……！

伊沢の姿を見た途端、令毅の中で怒りが爆発した。

伊沢に向けて声を放つ。

「こんなことがしたいのか……！」

令毅の大切なものが踏みにじられていく。

令毅が育った司祭館も、長い時間祈りを捧げた聖堂も、母のように思っていた聖母マリアの像も、価値がないもののように壊されてしまう。

聖堂の信徒席の座布団は、信徒の方が一つ一つ手作りしたものだった。

洗礼盤も聖水盤も、ご神体ランプも蝋燭立ても、どれも古くなるまで補修して大切に使い、篠崎神父と信徒の方々が相談をして買い換えていったものだ。

それらをすべてがれきとして葬《ほうむ》り、人々のささやかな祈りの場所を奪い、金儲《もう》けのための手段として利用することが許せなかった。

何より、自分に何の力もないことが悔しくてたまらない。

ためらいなく他人に暴力を振るい、人を利用し、破滅に追いやっても笑っていられるような凍てついた心の持ち主たちがいるということを、この数ヵ月で知らされた。その男たちと伊沢は、同類に見えた。

伊沢はくわえていたタバコを指に挟み、ゆっくり投げ捨てた。近づいてくる。

男たちの間に、ざわめきが起こった。

「伊沢さん？」

男たちは背後に伊沢がいることを知らなかったようだ。

伊沢は男たちの横で立ち止まり、何か横柄《おうへい》に話をした。

何をしゃべっているのかは聞こえなかったが、伊沢があごをしゃくったのが合図のように、男たちはしぶしぶといった様子ながらも敷地内から去っていく。パワーショベルも運転手を失い、アームを宙に振り上げた格好のまま放置された。

何が起ころうとしているのかわからなくて、令毅は凍りついたまま、事態を見極めようとしていた。

地面に膝をついたままの令毅に伊沢が歩み寄り、腕を差し出す。

「手を貸そうか、神父さま」

伊沢の官能的な唇には、あざ笑うかのような笑みが浮かべられていた。

今日はサングラスをしていなかった。それだけに、伊沢がイヤミなぐらい凄《すご》みのあるハンサムだということがよくわかる。

何より印象的なのは、凍てついた冬の海のような瞳だ。

冷酷な男の顔だった。まっすぐに伸びた鼻梁に、氷のような光を宿す切れ長の瞳。官能的ではあるが、酷薄な笑みを浮かべた唇。

見つめているだけで、ぞくっと背筋が凍りつきそうになる。

近づいては危険だと、令毅の中で警鐘が鳴り響いた。

――この男に近づいてはいけない。

本能的な恐怖があった。

「あなたの手など借りません」

令毅は立ち上がり、神父服についた土を払う。

それでも、伊沢と対決しなくてはならなかった。

伊沢についてくるように言って、聖堂の中へ入りこんだ。

今度こそ、最終返済期限を延長するのを、承諾してもらわないといけない。

男たちがここまで強攻策に出るとは思っていなかった。伊沢との交渉に、すべてはかかっているのだ。

――前のときには、失敗した……。

どうしてかわからないけれども、会話の途中で伊沢は急にへそを曲げて、出て行ってしまったのだ。

小さな聖堂だった。

信者席の前に説教台が置かれ、一段高くなった祭壇の奥の壁に等身大の磔刑のイエス像が飾られている。

令毅は祭壇まで歩き、説教台の前で立ち止まった。少し距離を置いてついてくる伊沢に向き直る。

「主の前で、話をつけましょう。あんなふうに、力ずくで壊すことは我慢できません。弁護士のような第三者にも入ってもらって、計画的に返済ができるように相談したいのですが」

「俺と話してどうするよ」

苦笑混じりに伊沢がつぶやいた言葉に、令毅は問い返した。

「え」

「いや。どんな話をつけたいんだか知らないが、金を借りたことは事実で、ここが担保として押さえられるのは、契約上仕方がない。あきらめろ」

伊沢の言葉は、とりつくしまもないぐらいに冷ややかに響く。

どう交渉しようか、と唇を噛む令毅を、伊沢は見据えて笑った。

瞳に、不意にからかうような光が浮かぶ。

肉食の獣が獲物をもてあそぶときのような、残酷な瞳の色だ。甘さは微塵《みじん》も感じられず、ただ追い詰められていく焦燥があった。

「――返済期限までに金を返せなかったら、この教会を取り上げられることぐらい、承知していたんだろうが。いくらおまえ一人が必死になっても、裁判所から差し押さえ命令が出たら、おまえは教会の敷地内に入ることすら許されなくなる。そうしたらどうする？」

「……それでも、出て行きたくはありません」

「あいつらは喜んで、てめえを住居侵入罪で訴えるだろうな」

伊沢は鼻で笑った。

令毅はぎゅっと拳《こぶし》を握りしめる。

ずっと歯がゆさにつきまとわれていた。

何とかしようとあがけばあがくほど、どうしようもない沼地に、足を取られてがんじがらめになっていくような苦しさがある。

この悔しさを、どこかにぶつけたくてたまらなかった。神父になるまでの間に、感情を押さえこむ方法を身につけたはずなのに、伊沢を前にすると感情が制御できない。

「だったら、どうすれば……！」

焦りがあった。

この急場をどうにかする方法がわかっていたら、とっくにしている。

しかし、伊沢は唇をゆがめただけだ。

「俺を頼るんじゃねえ。てめえは、神に祈るって言っただろ。どうだ、神に祈って、救いは得られたか」

「神はそのように、便利に使うものではありません。救いは得られなくて当然です」

「だったら、なんで神に祈るなんて言ったよ？　助けてくれないことがわかってるのに」

目の前の男にどう説明しようか悩んでいると、伊沢は懐からタバコの箱を取り出し、一本くわえた。

火をつけようとするのを見て、令毅は鋭く制止した。

「タバコを吸わないでください。ここは、神聖な聖堂です」

「じきに破壊されて、廃材置き場となる。何なら、先に燃やしてやったほうが、後々の作業が楽になっていいだろうよ」

その暴言に、令毅の怒りは爆発した。

「いい加減にしろ……！」

我慢できなかった。ここが伊沢にとって、大切な場でなくてもいい。それでも、ここを何より大切に思う人が存在するということを考える想像力があってもいいはずだ。

令毅は伊沢の前に歩み寄り、タバコを奪おうとした。しかし、優雅な動きでひょいと身体をかわされ、宙を泳いだ手首を上からつかまれる。

伊沢が強く握った令毅の手首に、視線を一瞬落とす。手を離さないまま令毅を見据え、あざけるような暗い笑みを浮かべた。

「どうしても、この教会を守りたいというのなら、方法は一つだけある」

つかまれた手首に、伊沢の指が食いこんだ。

伊沢は獣の目をしていた。

手をつかまれているのではなく、肉に刃を突き立てられたような恐怖が、令毅を射すくめる。

つかまれたところから冷たい戦慄《せんりつ》が、全身に広がっていく。

「どうする？　何をしてでも、教会を守りたいか」

尋ねられて、令毅は唇を噛みしめた。

——守りたい。

ここが正念場だ。

伊沢を説得できなかったら、教会は壊されてしまう。

——壊されたくない。

その思いで、令毅は口にした。

「何をしてでも、……守りたい……！」

「そのことで、おまえが地に堕ちても、か」

伊沢の笑みは、完璧《かんぺき》に捕食者のものに変わっていた。

——地に堕ちる？

言葉の意味が理解できない。

それでも、ここで退いたら終わりだということが、本能的に理解できていた。

パワーショベルの前に身を投げ出したときの熱い興奮が、令毅の中に熾火《おきび》のように残っていた。

「私はどうなってもいい」

伊沢が何を要求しているのか、まったくわからないでいた。

しかし、自分の身をどうされようとも惜しくはない。神に捧げた身なのだ。教会を守る

ためなら、どうされようとも本望だった。

きっぱり言うと、伊沢は満足そうに微笑んだ。

「ならば、この教会を救ってやろう。おまえが、その身を投げ出すかぎり」

手首をつかんでいた指に力がこめられ、令毅の手の甲に伊沢の唇が押し当てられた。

契約を思わせる、荘厳《そうごん》な仕草だった。

セクシャルな戦慄をもたらす甘ったるい唇の感触に、令毅の身体に震えが走る。

一度軽く唇を離した伊沢は、令毅を見据えたまま、指先を唇に含んでいく。

人差し指の先からすっぽりくわえられて、令毅は大きく震えた。あわてて手を振り払おうとしたのに、指がしっかりと手首に回されていて、逃れることができない。

舌がうごめくたびに、ぞくぞくと鳥肌立つような痺《しび》れが全身に広がる。

自分の身体の奥で、得体の知れない奇妙な感覚が広がっていくのを令毅は感じていた。

何より、すぐそばにある伊沢の瞳が、令毅の反応の一つ一つを見逃すまいというように見据えているのが怖い。

ようやく唇と手が離された。

「石仏のような不感症ではないみたいだな。ずいぶんといい顔をする。これから、どう乱れていくのか、見たくなった」

「なにをするつもりだ」

「教会を守るためなら、おまえの身体などどうなってもかまわないはずだろう？　俺が何をしようが、おまえはただ身体を投げ出していればいい。そうすれば、すべてが終わる」

「しかし……っ」

嫌な予感がした。

まさか性的なことをされようとしているのだろうか。令毅は聖職者だ。世俗から離脱し、性の誘惑を断ち切って、ひたすら神に身を捧げる身だ。

表情を強ばらせた令毅のあごを、伊沢がつかんだ。

「何をされるのか、怖いか」

「怖くない」

ムキになって、言い返す。何があっても、令毅には神がついている。そう思って意地を張ると、伊沢はのけぞるようにして笑った。

令毅の腕をつかんで、舞台のように一段高くなっている祭壇の上へと引きずりあげた。

「だったら、ずっと神様に祈ってろ」

令毅の身体は十字架の前まで引っ張られ、磔刑のイエス像に背中をくっつける形で、手首をそれぞれに十字架にくくりつけられていく。いくらあらがおうとしても、他人を押さえこむのに慣れた伊沢には逆らえなかった。

片方は伊沢が締めていたネクタイで、もう片方は令毅が首から下げていたロザリオを奪われ、それで手首をがんじがらめに縛られる。

十字架への冒涜《ぼうとく》に、令毅は焦って大声を上げた。

「ふざけるな！　不敬な……！」

「不敬？　単なる木材だろうが。なんでこんなものをてめえたちが懸命に拝むのか、俺にはまったく意味がわからないね。罰があたるというのなら、あてろ。そうすれば、このくだらない世の中からおさらばできる」

神も、自分の生すらも侮蔑《ぶべつ》したように語る伊沢を、令毅は呆然と見た。

伊沢はいったい、どんな人生を送ってきたのだろうか。

唇には笑みを浮かべているが、瞳は冴《さ》え冴えとした冷たい光を放っている。

「これから、死んだほうがいいってほどの思いをさせてやるよ、神父さま。それとも、地獄ではなくて、天国行きか」

令毅が着ていた黒の神父服が、引きちぎられる勢いではだけられていく。

すぐに胸元を露出させられ、手首を十字架にくくられたまま、令毅は身体を震わせた。

「やめろ……！　この手を外せ」

「泣きわめくほど、俺は楽しい。せいぜい、暴れろ」

白い胸元に顔が寄せられ、舌がそっと這《は》わされる。指を舐められたときに感じた官能的なうずきが、何十倍にも強くなって令毅を襲った。

「……っく」

大きく身体が揺れる。他人の手によって与えられた初めての快感はあらがい難いほど強烈で、そのことに令毅は焦りを覚えた。

「ふざけるな！　私は、神父だ……！」

「それがどうした」

令毅の言葉を、伊沢は笑い飛ばすだけだ。

小さな乳首に口づけられ、口の中に含まれて、令毅はまた声を漏らしてしまいそうになる。そのことに気づき、あわてて唇を噛みしめると、今度は丁寧に舌先で転がされた。

――こんなこと……っ！

嫌で嫌でたまらなかった。

神父になる前に、貞潔《ていけつ》の誓いを立てている。神と結婚し、一生清らかに生涯を送ることを決めていた。

なのに、この男は令毅の強い決意さえも踏みにじろうとしているのだろうか。

「やめ……ろ」

それでも、感じなければいい。

なのに、乳首に男の舌が這わされるたびに、令毅は身体を震わせることをこらえることさえできなかった。

令毅は追い詰められた瞳で伊沢をにらみつけた。

「今すぐ、私から離れなさい！　この手を離せ！」

威圧的になればなるほど、伊沢はなおさら楽しげな笑い声を漏らすだけだった。

「命令口調で、俺を従わせることはできないよ、神父さま。自分に言い訳ができるように、わざわざ手首をくくってやったんだ。あとは楽しめ。てめえの身体がどれだけ男を楽しませるのか、思い知ればいい」

本気でこの男が自分を犯すつもりだということが、じわじわと伝わってくる。

怖ろしかった。

ただ、とんでもない不安だけがふくれあがる。

さっきの安易な自己犠牲からの言葉が、この男を増長させたことを知る。聖職者をそのように辱《はずかし》める人間がいるとは思わず、どれだけ自分が無防備だったかを思い知らされた。

——どうにかしなくては……！

身体をよじって腕の拘束を外そうともがく令毅の乳首を、伊沢は軽く噛んだ。

「……っ！」

めまいがするほどの甘美な刺激に、肩まで跳ねる。

巧みな技巧を持つ伊沢の舌先が乳首の周りを這っていくのを、令毅は息を詰めながら感じていた。

つぼめた唇で、乳首をきゅっと吸われると、全身の毛穴が広がるような強い快感が令毅を襲う。

「や、……めろ……っ」

押し出した声は、うわずって震えていた。令毅の言葉など聞こえないように、伊沢は乳首を強く吸ったり、やんわりと舐めたりする。

その強弱をつけた唇の感触がたまらなくて、令毅は身体をよじらせた。じっとしていることは困難だった。

必死に自由を取り戻そうともがき、与えられる刺激に反応しないようにこらえていたが、そんな抵抗など何の意味もなかったようだ。

「――見ろよ」

伊沢が、低く笑った。

令毅が神父服の下に着用している黒のズボンを、伊沢が脱がそうとしていたときだ。令毅は大きく目を見開き、思わず息を呑んだ。伊沢の動きによって性器が布と擦れ、自分の身体が刺激によってどれだけ反応しているか、思い知らされたからだ。

――こんな……っ！

頬に赤みが差す。

「神父さまにも、性欲ってのはあるんだな」

嘲笑《ちょうしょう》されて、令毅は絶望に唇を噛みしめた。

そのとき、伊沢の手が性器に触れる。

「……っぁ」

張り詰めたペニスの根元を無造作につかまれ、軽くしごかれた。神経の集中した場所へダイレクトに与えられる快感に、令毅はあえいだ。

それだけで、達してしまいそうになる。どう耐えていいのか、わからない。無垢《むく》な分、刺激に弱かった。性器の先から透明な液体がにじみ出し、伊沢の指を濡らしていく。

それでも、懸命にこらえていると、同時に乳首を舌先でなめずられた。

――なっ……！

令毅は必死で、全身の感覚を遮断しようとする。しかし、感覚はより鋭敏になって襲いかかってくる。

さらに執拗《しつよう》な愛撫《あいぶ》が続き、令毅の身体が汗にまみれて、ひくひくと動いた。耐えられているのが不思議なくらいだが、絶頂すら伊沢に操作されて、もてあそばれているのだろうか。

気絶しそうなほどの強い愉悦に、とろりと瞳が溶けた。

「どうした？」

令毅の身体の状態など一目瞭然《いちもくりょうぜん》だろうに、伊沢は息を令毅の耳元に吐きかけて笑う。鳥肌立つような戦慄が広がった。

「……や、……めろ……っ」

泣き出しそうになりながら、令毅はひたすら拒絶の言葉を繰り返す。

乳首は硬く張り詰め、伊沢が指を動かすたびに下肢からの濡れた水音が耳を犯す。

性器からの快感が我慢できないほどにふくれあがっていく。

射精したいという本能的な欲望に、意識が焼き切れそうだ。

それをとどめたのは、神父という職業意識でしかなかった。ここで射精したら、令毅は神を裏切ることになる。信徒を裏切り、自分をも裏切る。

こんな状態で神の名を唱えることすら、冒涜のように思えた。

すがるものを無くして、令毅はただこの甘い拷問《ごうもん》に耐える。

食いしばった唇が溶け、唾液《だえき》があふれた。

必死でこらえようとしても、身体は理性を裏切りそうだ。

耐えるほどに快感は増し、性器が燃えるほどに硬く熱くなり、抑えきれないほどの快感が腰を突き抜ける。

聖堂の中に響く淫《みだ》らな音から、耳をふさぎたかった。

なのに、容赦なくわざと音を立てられ、執拗に責められ続ける。

「聞こえるだろ、このぐちゃぐちゃした音が。おまえの中から、あふれてきたものの音だぜ」

あふれた蜜《みつ》で、そこはぬるぬるになってきた。性感の集中した部分を刺激される喜びに頭が真っ白になり、自分が肉欲だけの存在に堕ちていく気がした。

「どうした？　腰が揺れてきてるぜ」

淫猥《いんわい》なささやきに、血がにじむほどに唇を噛みしめる。

にらみつける瞳は涙で濡れ、視界が定まらなくなっていた。

――私は、神父だ……！

その矜恃《きょうじ》だけが、令毅を支える。この堕落に満ちた誘惑に耐える唯一の力だ。

背筋にイエス像が押し当てられていた。あまりの涜神《とくしん》行為にめまいがする。その悔しさが、令毅に耐える力を与えてくれる。

「手を……離せ、……私から……っ」

令毅は切れ切れに声を漏らした。この男にだけは、屈服したくない。

伊沢は令毅の左の耳をくわえこみ、耳元で甘く淫靡《いんび》な声を吹きこんできた。

「今からもっと感じさせてやるよ。神父よりも、娼婦《しょうふ》になったほうがいいと思わせてやる」

先端の敏感になった部分をなぞられると、さらに熱が生まれた。あまり刺激したこともない、繊細で過敏なところだ。撫《な》でられただけでも、蜜がとろとろとあふれ出す。

「感じてるな。大洪水だ」

限界近い性器は、ほんの少し指を動かされただけで、たまらない快感を生み出した。

噛みしめた令毅の唇は少しずつ力を失い、呼吸のたびに小さな声が漏れるようになる。

「……っぁ」

容赦なく、伊沢の責めが続けられることに、令毅は苦痛を覚えた。長引かされるほどに快楽に対する耐性がなくなっていくような気がする。

身体が少しずつ令毅の支配下から離れ、泣いているように透明な蜜を止めどなくあふれさせた。

今度こそ絶頂に身体がさらわれるのを、令毅は止めることができない。しかし、昇り詰めそうになり、膝ががくがくと痙攣《けいれん》するほどになると指は残酷に動きを止める。乳首だけをなめしゃぶられて、別種の快感を送りこまれる。

甘い苦痛にのたうち、甘い波が引き始めるとまた、伊沢の指がうごめき出す。そして、それがずっと繰り返されるのだ。

何度も絶頂に至る階段を外され、令毅は苦しさにあえいだ。

──耐えられない……！

苦痛は耐えることができる。しかし、この快楽を耐えることは困難だ。おかしくなるぐらい、ずっと焦らされ、もてあそばれている。頭の中が、甘ったるい快感でいっぱいになっている。射精することしか考えられない。

「……っもう……」

不自然な抑制から解き放たれたくて、とうとう令毅は声を漏らした。

──これ以上は耐えられない。

敏感な性器はジンジンと痺れ、乳首も吸われすぎて痛いぐらいになっていた。

「もう？　どうして欲しいか、お願いしてみろ」

伊沢の瞳に、甘い愉悦の光が浮かぶ。

令毅のあごは下からすくい上げられ、快惑に溶けた表情をのぞきこまれた。

何を言えばいいのだろうか。この残酷な男が満足するのは、どんな屈服の言葉なのか。

無垢な神父の頭では、何も考えつかない。

「何を……言えば……っ」

尋ねると、伊沢はしばらく考え、悪趣味な思いつきに目を輝かせる。

「私の淫らな性器をなぶって、背徳の証しを搾り取ってください、とでも」

「……っだれが……！」

そんなことを口走るぐらいなら、死んだほうがマシだ。

瞳に力が戻った令毅の顔に頬をすり寄せてゆがませ、伊沢は耳に息を吹きこんでくる。

「言えよ。……言わなければ、このまま犯してやる」

「……犯す？」

「そう。——このように」

透明な蜜にたっぷり濡れた伊沢の指が、いきなり令毅の体内に突き立てられた。

「……っぁあ……っ！」

初めての異物の挿入に、令毅は大きく声を放ち、身体をのけぞらせる。ずっと耐えていたものが、その刺激によってはじけた。

る。

強い奔流に巻きこまれ、令毅はびくびくと身体をのたうたせながら、指を強く締めつけ

強い絶頂感に、意識が吹き飛んでいた。

あえぐための唇すら、伊沢に蹂躪《じゅうりん》されていく。

「……つぁ……っ」

口腔《こうこう》深くまで舌でむさぼられながら、令毅の性器は内側と外側からの刺激によって、最後の一滴まで伊沢に絞り出された。

「言わなかったな。ま、ぼちぼち仕込んでやるよ」

ささやきが耳に吹きこまれる。

死んでしまいたいほどの深い絶望と快楽に、令毅の意識は黒く塗りつぶされていく——。

〔四〕

目覚めは最悪だった。

絶頂に至ったあと、気を失ってしまったらしい。令毅の身体は祭壇の床に横たえられていた。

令毅はゆっくりと身体を起こす。十字架に固定されていたため肩の関節のあたりが、ひどく痛んだ。口の中が、渇ききっている。

最初はどうして自分が、こんなところで眠っているのか、わからなかった。ぼんやりと薄暗い聖堂内を見回し、ステンドグラス越しに外から射しこむ光に照らされながら、少しずつ伊沢とのことを思い出す。

途端にこみあげてきた怒りと吐き気を、令毅は必死でこらえた。

——主を穢した……。

今でも背に、イエス像の頭部の凹凸の感触が残っている。

神聖なる祭壇で、淫らな放埒《ほうらつ》を極めた。

性器にからみつく伊沢の指の感触を思い出しただけで、ぞくりと不愉快な衝動が背筋を駆け抜けた。

無理やり高ぶらされ、快楽を教えこまされた身体は、まだ快感を逃しきれていないようにくすぶっていた。

『聞こえるだろ、このぐちゃぐちゃした音が。おまえの中から、あふれてきたものの音だぜ』

伊沢の言葉がよみがえる。あまりの怒りに、令毅は震えた。

——許せない。

身体を引き裂いてしまいたいような自己嫌悪を、伊沢への怒りに変えることで、令毅は何とか正気を保とうとした。

自分に襲いかかった試練と、どう折り合いをつけていいのかわからない。

伊沢には神を敬《うやま》う心も、敬っている人間を尊重する心も、まったく存在してはいないのだ。

そう思うと、なおさら悔しくてたまらなくなる。

令毅は床から、十字架のイエスを見上げる。

さきほど、令毅が陵辱された場所だ。信者たちの座る席からではなく、祭壇からだと、イエス像は近い位置に見えた。なによりも主は、そのときの令毅のことを見ていた。高ぶり、火照っていく肌のざわめきを、すべて見通されていたような恐怖に打たれて、令毅は身体を強ばらせる。

——無理やりだ。

そう自分に言い聞かせようとした。それでも、身体に残る情欲の甘さが背徳感をつのらせる。自分はあのとき、まぎれもなく快感を覚えていたのではなかっただろうか。

縛られていた手首がひりひり痛む。神父服の袖をめくってみると、そこには拘束された痕《あと》が鬱血《うっけつ》となって残っていた。

床に置いてあったロザリオを握りしめ、令毅は聖堂の外に出る。

落ち着こうと思ったが、不安と焦燥にじっとしていられない。信徒が罪を犯したときに神父を必要とするように、令毅にも助けが必要だった。

——私は罪を犯した……。

神父であるにもかかわらず、肉欲に負けた。

そのことをイライラしながら考え、人気のない司祭館に入り、重い身体を居間まで運ぶ。

明かりのスイッチに手をかけたとき、令毅は薄闇の中で誰かの気配を感じ取った。

息を詰めて凍りつく。この部屋には、何かがいる。かすかな息づかいが聞こえた。

「よお」

からかうような響きを秘めた威圧的な声によって、その正体は明らかになった。

雷に打たれたように、令毅は大きく震えて目を見開く。

——伊沢だ。

今一番会いたくない男。

令毅の身体をもてあそび、神に背く性衝動へと押しやった極悪人。

声の聞こえた方向に目をこらすと、窓を背にした伊沢らしきシルエットが浮かび上がってきた。彼は、まだ教会内にいたのだ。

「どうしておまえが、こんなところにいる……！」

「ご挨拶《あいさつ》だな。さっきまでは、あんなに甘い声を聞かせてくれたくせに」

伊沢が立ち上がり、令毅のほうに近づいてくる気配があった。

夜の闇を我がものとした野生の獣にのど笛を噛み切られるような不安を覚えて、令毅は明かりのスイッチを押す。

途端に光が部屋を包み、令毅はまぶしさにぎゅっと目を閉じてふらついた。

その身体を支えるように手が伸ばされたが、令毅は乱暴に伊沢の手を振り払う。

「出て行け……！」

伊沢と話し合いをする余裕など、令毅には残されているはずがなかった。

その姿を目に映すことすら穢らわしい気がして顔を背けると、その態度が伊沢のカンに障ったらしい。どっかりと、椅子に腰掛けて居座ろうとする姿が瞳の端に映った。

「出て行け出て行けっていつも言われるけどさ。教会は、くる者拒まず受け入れてくれるんじゃないのか」

へそを曲げたように問いかけられる。

しかし、伊沢の態度は教会を必要としているようには思えなかった。

令毅は事務的に言い放った。

「教会は誰にでも手を差し伸べる。悔い改めれば、赦《ゆる》される。しかし、神は甘いお方ではない。その裁きは完全で、徹底している。口先だけではなく、心から罪を認め、身を投げ出さなくては、悔い改めなどない」

令毅の声の中に混じる拒絶を感じ取ったのか、伊沢はますます楽しげな顔をした。

「面倒だね。だったら俺は、悔い改めなどいらないや」

「――地獄に堕ちろ！」

こんなののしりを、他の人間に吐いたことなどない。

そこまで言うつもりはなかった。令毅はハッと唇を噛んで伊沢に視線を向けた。

しかし伊沢が相手だと、どうしても自分が抑えきれなくなる。反省する間すらなく、伊沢がちっとも応えてなさそうに見えることに、さらなる屈辱感を覚えた。

「さっき、ここに金を貸している男と交渉した」

言われて、令毅はドキリとする。

伊沢をここに派遣した上役と相談したということなのだろうか。

「すぐにでもぶっ壊したいようだったが、俺の顔で数日待ってくれるとよ」

「数日？　おまえの顔？」

頭がついていかず、令毅はただ繰り返した。

数日のうちに出て行け、ということなのだろうか。

伊沢は椅子にふんぞり返ったまま、令毅を意味ありげに見つめた。

「数日になるか、一ヵ月になるか、一年になるかは、てめえ次第だ。……どんな意味だかわかるか」

問いかけられて、令毅は敵意と緊張に身体を強ばらせた。

この男が、何の見返りもなく親切を働くとは思えない。

「回りくどい言い方をしないで、わかりやすく言え。どんな意味だ？」

問い返すと、伊沢は笑った。

伊沢のまなざしは、淫らに甘く濡れていた。

「甘い身体だった。無垢な神父を抱いて、その身体に背徳を教えこませるのも悪くない」

──抱く？

鼓動が乱れる。

伊沢のささやく言葉の意味が、おぼろげに理解できた。

さきほど令毅にした性行為を反省していないどころか、さらにもっと淫らなことを仕掛けようとしているのだろうか。

──しかも、この教会と引き換えに……？

まさか、という思いばかりが胸によぎり、まともに考えることができない。

混乱して凍りつく令毅の姿を、伊沢は満足そうにねめ回した。

「考えろ。どうするべきか。俺が見放したら、すぐにでもこの教会は取り壊される」

「そんなふざけた条件に、私が乗ると思うか」

冷ややかに言うと、伊沢は笑みをこぼした。

「乗らないのなら、それでいい。俺は手を引くだけだ」

胸を襲う不安に立ちすくむ令毅の前で、伊沢は立ち上がった。目の前を通り抜けながら、言い残していく。

「明日の夜、また来る。それまで結論を出しておけ。どうせ、答えは一つだろうが」

ドアが閉まる。

——答えは一つ？

令毅が教会を救うために、伊沢に抱かれるという結論を出すとでもいうのだろうか。

——あり得ない。

令毅は神父だ。神に仕え、一生を清らかなまま送ると決めた存在だ。伊沢の提案など受け入れられるはずがない。

しかし、他にどうしたら教会を救えるのか、方法が思いつかない。

令毅は一人残され、木の椅子に座った。

呆然としたまま、視線をさまよわせる。

しっかりしているつもりでも、自分には何の力もないことを思い知らされる毎日だった。

巨額の借金の前で、どうしたらいいのかわからなくて、立ちすくむことしかできない。

——昔から、気が強いだけで決断力がないって言われてきたよな……。

本当はさほど気も強くないのだ。ただ、弱い部分を見せたら動けなくなるから、懸命に立っているだけで。

こんなときにはどうしていいのか、途方に暮れてしまう。

篠崎神父以外に、令毅はもう一人の心の支えとなる人物を心に浮かべた。

——あの方なら、どうしろと言うだろうか。

毎年、篠崎希望教会にプレゼントを贈ってくれる篤志家《とくしか》がいるのだ。幼い令毅の両手では抱えこめないような大きな二層のケーキと、『令毅へ』と書いた小さなカードが添えられた贈り物をくれた人物だ。

誰だかわからないが、ずっと令毅を見守ってくれる人。

捨てられた令毅にとって、この世の中に令毅のことを気にかけてくれる人が教会以外に存在しているのだと知ることこそが最高の贈り物だった。

彼なら、こんなとき、どんな決断をしろと導いてくれるのだろうか。

——教会を救うために伊沢に抱かれるか、もしくはパワーショベルで教会をつぶされるか。

他に手はないのだろうか。

令毅は懸命に考え続けている。

金さえあれば、この急場をやり過ごせる。

しかしその篤志家とは連絡のつけようがないし、いくら考えても、降ってわいたような大金など、どこからも現れるはずもないのだ。

その翌日。

伊沢は闇の中にそびえる白塗りの司祭館のエントランスに立ち、中へと入っていった。鍵《かぎ》でもかけてあるかと思いきや、教会は開かれている。

——バカだな。

気丈だが無防備な神父のことを、伊沢は笑った。

どうせ伊沢に抱かれることしか、選択肢は残っていない。

それでも嫌なら、ここに立てこもればいい。逃げてもいい。それでも、フェアプレイを貫こうとしているような神父の気構えに、苦笑しか漏れない。

——だったら、犯していいってことか。

居間のドアを開くと、令毅がひざまずいて祈っていた。

すんなりとした身体の線を際だたせる、禁欲的な黒い服。首筋の細さが痛々しいぐらいに目につく。立ち上がって伊沢をにらみつけるときの噛みつかんばかりの目つきに、ぞくっと背筋に興奮が走った。

——清らかな神父さま。

令毅がミサの最後に、手をあげて信徒に祝福を与えたことを思い出す。しかし、その祝福の対象から、伊沢は漏れていたのだろう。

令毅からは剥き出しの敵意しか感じ取れない。

「やあ、神父さま。結論は出たか」

昨日、蹂躙したときの表情を思い出す。淫らに濡れた吐息を漏らしたのとは別人のように、今の令毅は凛としたたたずまいを保っていた。

清潔そうな美貌に、玉の肌。輝きを失わない黒曜石の瞳。

死者のためのミサのときにまとった白い衣が天使のように見えたことまで、伊沢は感動的に思い出した。

あれなら篠崎神父も、天国に行くしかないだろう。ここに通う年寄りどもも、この清らかな神父に送られることを望んでいるに違いない。

――俺は、地獄にしか行けないだろうが。

令毅は口を開かず、ただじっと伊沢を見ている。

身体を投げ出すしかないと、あきらめている様子はない。それでも、逃げる様子も見せない。頑強で、不器用なのだろう。哀しいほどに。

――だったら、早々に何も考えられないようにしてやるよ。

清らかなものほど、穢したくなる。

大切なものほど、壊したくなる。

それは伊沢の元々の性癖というよりも、後天的に身についたものかもしれなかった。愛し方も、愛おしみ方もわからない。誰も伊沢には教えてくれなかったからだ。ささやかな幸せを大切に守ろうとする人々の営みは、皮膚に無数にたかる羽虫のように伊沢を生理的にいらだたせる。

抱いても嫌われるだけで、この神父の心が手に入ることは永遠にないとわかっているのに、この身体を組み敷きたいという欲望を抑えきることができない。

——穢したい。

引きずり落としたい。令毅を、手の届かない神父の位置から、ただの人間の位置へ。自分の身体の下であえがせ、淫らな言葉を口にさせたかった。

いらだちに似たこの感情は、いったい何なんだろうか。

伊沢は令毅の前に立ち、冷ややかに見下ろす。

「感心にも、ここから逃げ出さなかった理由は？」

肉食獣の傲慢《ごうまん》な瞳でねめつけながら、なぶるようにささやくと、令毅の硬い表情がさらに凍りついた。

令毅は何かを覚悟している顔で、言い返す。

「逃げても、どうにもならないだろう」

「責任感だけは、一人前だな」

薄い笑みを浮かべたまま、伊沢は棚にあったガムテープを手に取った。

「それなら、すっかり覚悟しているということか。この教会を守りたいのなら、方法は一つしかないって言っておいただろ」

その仕草にすくみ上がる令毅の手をつかみ、腰の高さほどのテーブルにうつぶせに身体を押しつけた。

「ちがっ……！　話し合え！」

「話し合うことなんてないよ。どうせ結論は一つだ」

容赦なく手首をぐるぐると拘束していく。

抵抗しようと息を乱す令毅の吐息が、たまらない興奮を呼んだ。

——もう引き返せない。

神父を引きずり落とす。

伊沢と同じ、汚泥《おでい》の中に。


「……っ！」

強く背筋をそり返しながら、令毅は苦痛に満ちたうめき声をもらした。

慣らすために深くまで押しこんだ指を強く締めつけながら、のたうつたびに白濁を放ち、少しずつ身体の力を抜いていく。

——イったか。

瞳に涙を浮かべながら、悔しげに伊沢をにらみつけてくる令毅の表情に、伊沢はなおもあおられて仕方がない。

絶頂の余韻で息すら整わない令毅の上に覆い被さるように身体を重ね、膝をつかんで足を開かせる。

痛いほどに硬く充血した性器の先端を令毅の入り口にあてがうと、白い身体がすくみ上がるのがわかった。

さんざん指でなぶった部分が、くちゅっと押しつけた部分にからみついてくる。絶頂の直後だから、身体が敏感になり、拒むために力を入れることすらできないようだ。

「俺が憎いか」

先端に感じる柔らかさに、伊沢の興奮はますます高ぶる。

令毅の潤んだ目には憎しみと拒絶ばかりがあった。

令毅は唇を震わせた。しかし、呪《のろ》いの言葉は吐かない。ただ伊沢から視線をそらさずににらみつけているだけだ。

その身体を引き裂きたくて、伊沢の腰に力がこもった。

「つく――、んん……っ」

入れていくにつれて、令毅の顔が痛みにゆがみ、歯を食いしばったのがわかる。形のいい眉を寄せ、ひたすら耐えようとする令毅の表情は殉教者《じゅんきょう》のように見えた。

その顔を眺めながら、伊沢はなおも腰を進めていく。性器を入れられることなど初めての令毅の体内はひどくきつく、十分に慣らして潤滑油もたっぷりと塗りこんだのに、それでも締めつけられてたまらなかった。

伊沢は慎重に、少しずつ埋めこんでいく。痛みすら感じるほどのきつさに、射精へと導かれそうな予感もしたが、こんなところで終わらすわけにはいかない。

令毅の身体の横に腕をつき、覆い被さるように身体を倒して、腰を送りこむ。

伊沢により奥まで開かれていくことを、令毅は身体を強ばらせて拒絶しているのがわかった。受け入れる様子はカケラもない。顔色が青ざめ、息が浅い。この様子では、ひどい痛みを感じていることだろう。

「……っぁあ……っ！」

悲鳴に似た声があがり、ようやく最後まで埋めこめたのがわかった。

——痛ぇ……。

伊沢は動きを止め、歯を食いしばる令毅のあごをつかんで、そっと腕の中に抱えこんだ。あらがう気力すらないほど、令毅は中の違和感に耐えるのに精一杯らしい。

隙間なく押し広げられた襞《ひだ》が、伊沢の性器にからみついている。これが初めてだということは間違いないというのに、奥のほうからしぼりあげてくるような感覚もあって、経験の浅い男だったらあっという間に射精してしまったことだろう。

「てめえの中は、ひどく気持ちいいな」

正直な思いだったが、令毅には屈辱でしかないらしい。

このまま、令毅の身体を自分の思うがままに慣らしていきたい。もっと感じやすく、快感に流されて溶けるように仕立てていきたい。神のしもべではなく、快楽にあえぐ人のままでいい。

そう思うと、どうにかなりそうなほど興奮した。

「力を抜け。いずれおまえを、入れてもらうためならなんでもするような淫売《いんばい》に仕込んでやるよ」

その言葉に令毅が伊沢をにらみつけようとして、体内の楔《くさび》に息を呑んだ。

「……誰が、……そんなこと……っ」

屈辱に満ちた反応を見守りながら、手で腰骨を押さえこんでゆっくりと動き出す。

令毅の体内にあった性器を抜き出し、また沈めていく。

痛みに令毅の身体がすくみ上がり、ぎゅっと苦痛に表情をゆがめることすら美しくて、腰の動きを加減することなどできない。

――どうして、俺はこうなのだろう。

大切なものは、壊すことしかできない。

最後に何も残らないのは、わかりきったことなのに。


あまりの苦痛に途中で意識を失った令毅の身体は、司祭館の自室のベッドに運ばれていた。

身じろぐと、寝慣れた布団に包まれていた。

部屋の明かりは消されていたが、窓が開いたままだ。

視線を動かすと薄く開いた窓辺に伊沢が立って、紫煙をくゆらしているのが見える。

「目が覚めたか」

物音を立てたつもりはなかったのに、この夜の獣のような男は気配でそうと悟ったらし

い。

月明かりの下で、伊沢は妙にくつろいでいるように見えた。獲物を引き裂き、その血でのどを潤して、充足した獣の気配だ。それが殺したいほど憎く思えて、令毅は枕をつかんだ。

しかし、投げつけようと身体を起こしただけで、下肢からズキッと痛みが広がる。

――犯されたんだ。

そのことが実感としてこみあげ、令毅は凍りついたように動きを止めた。何をどう考えていいのかわからない。頭が真っ白だ。

呆然としたまま、身体を起こして床に裸足《はだし》で降りたった途端、さらに強い痛みがこみあげてきた。令毅の膝は崩れ、そのまま床に倒れこんでしまう。

「大丈夫か」

「来るな……！」

近づいてこようとする伊沢を拒み、令毅はシーツを身体に巻きつけて壁まで移動した。

令毅はできるだけ伊沢から離れた部屋の隅にうずくまる。

伊沢は窓辺にかけたまま、令毅を目の動きだけで見送っていた。

「なぁ」

身体を重ねた気安さでもあるのか、伊沢の声は薄闇の中で、いつもよりも柔らかく響いた。

「どうしてこんな教会など守りたいんだ？　信者の数など、そう多くはないんだろ。それも、くたびれた爺《じじい》と婆ばかりで、あと十年も経てばみんな死んで、一人もいなくなるような地域だぜ。こんな教会にこだわらず、とっとと畳んで他の教区にでも移動するのが、おまえのためだと思うが」

――私のため？

お笑いぐさだ。神父としての貞潔をあそこまで踏みにじっておきながら、ふざけたことを言うなとなじりたくなる。

口を開く気力すらなく、令毅は膝を抱えこんで額を押し当てた。犯されてしまうと、全ての力が身体から抜けて、この先自分がどうしていいのか、わからなくなっていた。

――去るしかないのだろうか。教会を、主のみもとを……。

絶望に涙すらあふれてこない。壁にもたれ、令毅は放心したままだった。不自然なほどの長い沈黙が、伊沢との間に流れる。

しかし、令毅が去ったら伊沢や柄井は、待ってましたとばかりに教会をつぶして、更地にするに違いない。令毅を追い出すために、伊沢は令毅を犯したのだから。

——離れたくない。

ここを守りたい。唯一の、令毅の居場所だ。親の名すら知らない令毅の、この世で唯一の心安らぐ場所だ。

隅々にまで愛おしさを覚える。それに、令毅がここから離れたら、あの人は令毅を見失ってしまうかもしれない。

令毅は視線を巡らす。

令毅がいるのとは別の隅に、どっしりとした皮のトランクがあった。

顔も知らない篤志家から、毎年クリスマスに送られたプレゼントの一つだ。

令毅の成長に従って、いつでも選びぬかれた感のある貴重な品を贈ってくれる。

中学の入学のときには学生鞄《かばん》を、高校生のときには世界で百個しか作られなかったという洒落た時計を贈られ、他にこの皮のトランクや、靴やスーツもプレゼントされた。

上質でセンスのいい贈り物を手にするたびに、令毅はその送り主のことを考えた。自分を気にかけてくれる人がいることを感謝した。

せめてものお礼に、令毅はクリスマスカードを書くことを思いついた。その人へのありったけの感謝をこめてカードを作成し、篠崎神父に渡した。篠崎神父は困った顔をして『届かないかもしれないよ。返事はないかもしれないよ』と言った。

その言葉通り、返事は一切ない。プレゼントに添えられる小さなカードに書かれた文字は、『令毅へ』の一言だけで、それ以外の言葉がつづられたことは一度もない。

そんな相手へずっと、令毅はカードを送り続けた。どれだけ自分が彼の存在にはげまされたか、気持ちをつづり続けた。

本当はこんなに素敵なものではなくても、安いものでも悪趣味なものでもいい。令毅のために一生懸命選んだ感じがするものなら、なんでもよかった。

令毅は愛が欲しかったのだ。

いつも毎年忘れずプレゼントをもらうたびに、令毅はいつでもその人のことを思った。

世界のどこかに、令毅のことを思ってくれる人がいることを、嬉しく思った。片恋に似た甘酸っぱさを、胸の中で育てていった。どんなときでも、その人物の存在は令毅の支えだった。

その人のことを思うと、力が出た。

応援してくれる人の前で、恥ずかしくない人間に育ちたかった。

――せめて次のクリスマスまでには、ここにいたい。

今までプレゼントは篠崎神父の手を経由されてきたが、今年からは令毅が直接受け取ることになる。差出人の身元は隠されているかもしれないが、どこかに彼の正体を探る手がかりが隠されていないだろうか。

その篤志家にとっては、令毅はその他大勢なのかもしれない。あちらこちらの施設に、プレゼントする人なのかもしれない。

それでも、毎年、令毅の成長に合わせてプレゼントの内容が変わっていくだけでも嬉しかった。

――今年こそ、その人を知りたい。

篤志家につながる一本の糸を手放したくない。

そう考えながら、令毅は皮のトランクから視線を戻す。ふと、伊沢もそのトランクを見ているのに気がついた。

それだけで何か自分の大切なものが冒涜されていくような気分になって、令毅はいらだった。

伊沢の思うがままにさせたくない。伊沢の目的が令毅を追い出し、この土地を奪うことにあるというのなら、何が何でも居座ってやりたい。

身体を好きにさせたら、伊沢はこの教会を壊すのを待ってやると言った。ここまで穢されたのだから、令毅の身体を投げ出してもいい。令毅を抱かせることで教会を守り、伊沢のもくろみを破ってやりたい。

――悔しい。


そうすることでしか、仕返しができない。

自分の力のなさが、こんな男の思うがままになるしかないことが。

抱かれるしかないと決意しても、実際には怖かった。

身体をいじられ、一番敏感な部分を他人に蹂躙されることを思い出しただけで、嫌悪に鳥肌が立つ。痛くて、つらくて、異様な体感ばかりがあった。射精に導かれるたびに、身体だけではなく心まで穢されていくような気がする。

――だけど、それしか方法がないというのなら。

令毅はとことんまで穢れた存在になり、この教会を守る。

その選択は間違っているのだろうか。

苦悩に、まなざしが揺れた。


「――どうした？　何を考えている」

伊沢の声が、薄闇の中で響き渡る。

くわえたタバコの火が、小さな赤い点として浮かび上がっていた。

「私が……抱かれることになったら、……教会は守ってくれるか」

尋ねると、伊沢は驚いたように軽く口笛を鳴らした。

「もちろんだ。約束は守る」

「……クリスマスまで」

令毅は小さく口にする。今が十一月頭。クリスマスまでは二ヵ月もある。その間、伊沢に抱かれることを思うと、頭がどうにかなりそうだ。しかし、その二ヵ月の間に金をかき集め、この教会を建て直したい。そんなことができるものなら。

――私は夢みがちだと、篠崎神父さまに言われてたよな。

思い出してズキン、と胸が痛んだ。

令毅にとって、この教会で過ごす最後のクリスマスになるだろう。穢れた令毅は、この件が片づいたら教会を去るつもりだった。その最後に、篤志家と会えるチャンスをつかみたい。会えたならば、ずっと感謝していたと、あなたの存在が自分の支えになったと告げてみたい。片恋に似たこの狂おしい思いに、終止符を打ちたい。

「クリスマス?」

伊沢が笑った。

「二ヵ月も抱かれる気になったか。いいだろう。おまえの身体がどんどん淫らになって俺を求めるまで、毎日抱いてやろう」

――毎日？

その言葉に、令毅は死にたいような気分に陥った。

伊沢はタバコの箱を取り出そうとして、ふと思い出したように動きを止めた。

懐中から万札を十数枚、指先に挟んで宙に投げ捨てる。

薄暗い中でも、床に札が舞い散るのが見えた。

「その金は、何のつもりだ」

令毅を抱いた報酬のつもりなのだろうか。

声に混じる怒りを読み取ってか、伊沢がのどで低く笑った。

「誤解すんなよ。――茶代だよ」

「ちゃだい？」

「ティパックも買えない貧乏教会に対するお布施《ふせ》だ。明日の晩には、茶ぐらい出してもらって、接待してもらいたいね」

「接待などするか！」

「意地を張らずに受け取れ」

伊沢は笑って立ち上がった。

「飯も食え。てめえがクリスマスまで粘るつもりなら、長期戦だ。その間、その身体でたっぷり楽しませてもらうからな」

ドアが閉まった。

条件が呑まれたことに、少なからず驚いていた。混乱する。あの男たちは、この教会を早く更地にしたがっていたはずだ。そうしないために、令毅は身体を代償に返却を待ってくれるように言った。薄々無理な交渉だと思っていたのに、伊沢は受け入れて二ヵ月も待つつもりなのだろうか。

——それとも、私がすぐにあきらめるとでも？

そうかもしれない。

濃厚なセックスだった。屈辱と快感が、まだ全身に残っている。

——続けられるのか、あんなことを。

考えただけで、絶望が胸に詰めこまれる。

だけど、耐え抜くしかないのだ。令毅にとって、大切なものを守るために。

クリスマスまでの二ヵ月間、令毅はなりふりかまわずに働くつもりだった。結婚式の神父のバイトを持ちかけられている。可能なかぎりそれを受け、空いた時間には皿洗いでもして、がむしゃらに働く。信徒にも借金のことを話すつもりだった。

いくらでもいい。気持ちだけでかまわない。

そして、上部団体にも借金を申し入れる。

懸命になれば、何とかならないだろうか。

何をしても足りない気もする。汚泥の中でもがいている気分だった。それでも、どうしてもここは守りたい。やれるだけのことはしたい。

――クリスマスまでにどうにかならなかったら、伊沢に交渉してもっと長くしてもらえばいい。

娼婦のように身売りをする自分の身を考え、令毅は立てた膝に額を押し当てた。

――痛いだけならいい。

ひたすら苦痛しか与えられないのなら、令毅は耐えきれそうな気がした。

――しかし、快感を覚えてしまったら。

あんな悪魔的な行為をされて、快感を覚えるようになったら、令毅はどうしたらいいのだろうか。

――そんなはずはない。痛いだけだ。つらいだけだ。

そう自分に言い聞かせようとするそばから、伊沢の言葉がよみがえる。

『おまえの身体がどんどん淫らになって俺を求めるまで、毎日抱いてやろう』

ぞくりと、震えが背筋を貫いた。

誰もいない司祭館の中は、途轍《とてつ》もない闇を内包しているような気がした。

もう、令毅を支えてくれた篠崎神父はいない。令毅はたった一人で、この場を守るしかない。

それでも、やるしかないのだ。

「――疲れた者、重荷を負う者は誰でも私のもとに来なさい。休ませてあげよう」

小さく、令毅はつぶやいた。

聖書の一節だ。神はそう告げてくれている。

この教会をそんな場にしたかった。外の世界で疲れた人々が集い、癒され、明日の力を与えられるような場所になればいい。そのためには、なんでもする。

令毅は手で目を覆う。

不意に、あふれる涙が指を伝った。

罪の意識が胸に突き刺さる。

令毅にとってこの教会は、安らげる場所ではなくなるのかもしれない。夜ごとに憎い男の訪れを待ち、辱められる場所となる。

この困難に立ち向かう方法を、令毅はいまだ知らない。

〔五〕

「またイったのか、淫らな身体だ」

伊沢の声が、司祭館の居間に満ちる。

夜ごとに令毅は伊沢の訪れを受け、抱かれることとなった。今日で、もう五日目になる。明日がミサのある日曜日だ。

あきらめたように身体を投げ出す令毅を抱くことを、伊沢は楽しんでいるようだった。いくら反応しないようにしようとしていても、伊沢にはかなわない。そのことを毎回思い知らされる。

神父服の裾を背中までたくしあげられ、その下に着ていたものはすべて取り去られていた。日にさらされることのない下肢が剥き出しにされて、左の膝までテーブルに乗せられている。

膝の後ろに腕をついて固定されているから、体内に押し入れられる性器を拒むすべは何も残されなくなってしまう。

死ぬほど恥ずかしい格好にさせられて、令毅は全身に朱をほとばしらせた。

いくら抱かせると覚悟を決めてはいても、嫌なものは嫌だ。力の入らない格好ながら、懸命にその腕から逃れようとする。

「や――めろ、……っ、嫌だ、……っ触るな……っ！」

渾身《こんしん》の拒絶をたたきつけるような声を漏らす令毅をなだめるように、伊沢が背後から身体を重ねてきた。耳朶《じだ》を柔らかく噛み、なだめるようにささやきかけてくる。

「何が嫌だ？　おまえの身体は、こんなにも悦んでいるじゃないか」

くちゅ、と指を沈められた。さらにもう一本沈められて乱暴に掻《か》き回されても、苦痛を感じないぐらいに中の襞は熱く溶けていた。

「く、ぅ……っ！」

――嫌なだけなのに……！

伊沢への怒りと、こんなふうに身体をなぶられることへの怒りしか感じていないはずだ。なのに、抱かれるたびに快感がハッキリとした形を取って感じられるのが怖かった。

――感じてなどいない……。

そう自分に言い聞かせ続けなくてはいけないほどだった。指がかぎ爪《づめ》の形をしたまま抜き出され、ぬめりをまぶして沈められると小さく声が漏れてしまう。中をことさらたっぷり濡らされてるのは、挿入前の下準備だとわかるほどになっている。

「……っあ！」

くちゅ、と漏れる音が大きくなり、中の摩擦が増した。

二本の指を閉じたり開いたりして、粘膜を強く刺激される。

「――っもう、やめ……ろ……」

襞がひくひくとうごめいて、指を締めつけているのがわかった。

さらになめらかに動くようになった指が、令毅の体内を掻き回す。

令毅は身体を強ばらせ、ぎゅっと目を閉じたまま、ひたすらしつこい責めに耐えるしかなかった。奥のほうが熱くジンと溶けて、そこがもっと硬いものを欲しがってひくつく。

そんな体感を認めたくない。

身体の下に組み敷かれたまま、令毅はなおも拒絶に全身を強ばらせる。

「嫌だ……っ!　やめろ、……っ絶対に嫌だ……っ」

怒りとやりきれなさが、手に負えないぐらいほどにふくれあがって、とうとう瞳から大粒の涙があふれてしまう。

泣いても、こんな男の心を動かせるはずがない。

むしろ喜ばせるだけの結果になるとわかっているのに、どうして涙が止まらないのだろうか。

「……っ!」

指で溶かされた部分に伊沢のものが触れて、令毅はびくんと身体を震わせた。

そして、容赦なく圧倒的な大きさのもので貫かれた。

「あうッ！」

硬い大きい性器が下肢をぐっと開いた瞬間、令毅は小さな声を上げた。

令毅の悲鳴が聞こえているはずなのに、伊沢はお構いなしに性器をゆっくりはめこんでいく。

たっぷりぬめるものをからめてはいるらしく、軽く抜いて埋めこもうとするたびに、くちゅ、と耳をふさぎたくなるような濡れた音が響いた。

「…めろ、……抜け……っ！」

身じろぎすらままならず、令毅は切れ切れに声を吐き出した。入れられるたびに吐き気がするほどなのに、伊沢はすっかりその狭い部分に入れるための方法まで覚えている。

「あ、……つぁあ……っ！」

ずず、っと中を擦って入れられて、令毅は全身を鳥肌立たせた。

入れられるときに、必死になって拒もうとするのではなく、力を抜いたほうが楽だということも学ばされた。

だから、もはや令毅が痛みに泣くことはない。硬い太いもので貫かれて、あまりの充溢《じゅういつ》感に身じろぎできないのは一緒だが、苦痛よりも別の感覚がこみあげてくるまでの時間が短くなっていた。

奥の奥まで、深く突き刺される。

腰をつかまれ、ゆっくりした動きで揺らされる。

性器を奥から縁まで大きく抜き差しされ、ぴくりと感じて腰を動かしてしまう部分を探るように、音を立てて掻き回される。

ぴったりと隙間もないほどに押し広げられている状態でそんなことをされると、すべての刺激が襞全体に響いて、令毅の食いしばった唇から切れ切れの悲鳴が漏れた。

違和感と嫌悪感でいっぱいで、ひたすら抜いて欲しい気持ちしかない。

だけど、それも最初だけなのだ。

きつい中の状態に合わせて、最初は控えめだった伊沢の腰の動きが、だんだんと荒々しいものに変わっていく。

襞が熱を帯びるにつれて、少しずつ甘いような刺激が生まれてくることを、令毅は泣きたいような気持ちで感じていた。

小さく鼻から吐息が漏れる。

「……ぅ」

その声に狼狽《ろうばい》して身体を強ばらせたとき、伊沢が後ろから上体を近づけて、耳元で淫猥にささやいた。

「身体はこんなに正直なのに、上の口はまだ正直にならないわけ？　そろそろ、気持ちいいとでも言ってみろよ」

令毅はじっとりと汗をにじませた首を振る。

「や……だ、……抜け……っ」

「抜こうとしても、こんなにもてめえの襞がからみついてくるのに？」

挿入されただけで、襞が熱く灼《や》けるような身体になっていた。

何度も射精させられたというのにまた性器に熱が集まり、ジンジンと熱く勃っている。性器で深くまで抜き差しされるたびに、襞から感じる電流がそのまま性器へと流れこんでいるような感じすらした。

腰をつかまれ、深くまでえぐられるのがたまらなかった。苦痛ではなく、圧倒的な快楽ばかり感じてしまう。

目を閉じ、唇を噛みしめながら、そのことを伊沢に知られないように、令毅は身体を突っ張らせた。

「どうした？　欲しいんだろ。もっと欲しいって言ってみろよ」

襞を性器でいっぱいにされている充溢感と、その状態で繰り返し抜き差しされ、感じる部分をことさら執拗に性器でなぞられる感覚に、むず痒《がゆ》さが大きくなった。今ではその感覚にジンと性器が硬くなり、先端から蜜があふれ出すほどだ。

——もうやめろ……っ！

泣き出しそうな気分だった。

張り出したカリによくなぞられる奥のほうに、ひどく感じる部分があった。そこを性器でグッと押されるたびに、身体が小刻みに震えそうになる。

声が漏れそうなのをこらえて、必死で身体を強ばらせることしかできなかった。

しかし、伊沢はその反応を楽しんでいるように、絶え間なく腰を動かし続ける。

どんどん襞は溶け、中は柔らかくなり、令毅の中で射精感はさらに強くなっていく。

伊沢は令毅の身体をテーブルの上に全部乗せ、背後から深く貫いたまま、胸元に手を回して乳首を両方ともつまみ上げた。

ほんの小さな突起を、人差し指と中指の間に挟んで、ぎゅっと圧迫する。

それだけで、突起がさらに痛いほど尖《とが》っていくのがわかった。そうなった状態のものを、手のひらでころころ転がされて、たまらない刺激に襞までうずきが走る。

懸命に歯を食いしばり、感覚を遮断しようとしているのに、じわじわと快感が脳を侵略していく。

「今日は、中と乳首だけでイクか」

伊沢の性器が、深くまで令毅を掻き回す。

身体が熱く溶け、限界が近いのが令毅にもわかった。

それでも、中だけで達するのは嫌だった。自分の身体がそこまで伊沢に慣らされたのを認めたくない。

「どうした？　我慢しなくてもいい。えらく中が、ひくついてる」

きゅっと乳首を引っ張られ、令毅はびくびくと身体を震わせた。

「遠慮するな。とっととイってみろ。てめえがいやらしく乱れる姿を見ててやるよ」

淫猥な言葉をささやかれるたびに、襞が伊沢の性器を締めつけるのがわかる。身体が、絶頂を欲していた。

動きを止められ、かすかに腰をうごめかすと、感じる部分が襞にこすりつけられる。

もっとそこを刺激して欲しかった。射精したい。それでも、令毅は懸命に自らの腰の動きを止めた。

「おまえになど従うか……！」

声がうわずり、瞳の端から涙があふれてしまう。

試練と思うより他に、この毒薬のような悦楽はやり過ごせない。絶頂に至る刺激を欲して、襞が伊沢の性器を何度も締めつけてしまう。伊沢の指がきゅうっと乳首をつねりあげ、反射的に腰が跳ねた。

そのとき感じた愉悦に、もっとおぼれたくてたまらなくなる。

「どうして、……っ、こんなひどいことを」

「ひどい？　心外だ」

伊沢が腰を突き上げた。

「つぁう！」

中断があるだけに、体内の性器の動きを嫌というほど感じてしまう。

令穀はもはや身体を支えることもできず、テーブルの上で伏せていた。背後から令穀の腰をつなぎ止める伊沢の性器によって尻だけを上げさせられ、背後から伸びた手で乳首をつねりあげられている。

「てめえはこれを了承した。嫌だ嫌だと口では言うが、てめえの身体は悦んでるじゃないかよ。こんなことをされるのが、好きなんだろ。……いじめられるのが」

伊沢の言葉が、令穀の身体を痺れさせる。感覚がないほど深くまで、太い楔で掻き回されるたびに、クチュクチュと恥ずかしい音が漏れた。

――好きじゃない。

「認めろよ」

伊沢の声はどこか甘い。

時間をかけた愛撫で襞は熱く溶け、身体はかつてないほどに火照っていた。

伊沢は令穀の首筋に口づけ、乳首を刺激しながら背後から柔らかく抱きしめてきた。

――あ。

ぞくっと、甘いものが令穀の胸をよぎる。

抱きしめられる感覚が、ものすごく心地よかった。

胸が詰まるような切なさに包まれて、涙があふれそうになった。

――何だよ、……これ……っ。

相手は、伊沢だ。

それでも、自分が求められているような錯覚が一瞬令穀を襲い、脳髄が痺れるような陶酔感がこみあげてきた。

首を後ろに向けさせられ、不自然な姿勢のままで強引に唇をふさがれた。

その感覚にも酔ってしまう。

むさぼるようなキスだった。唇が重なり合い、舌がからむ。

——この感覚は何なんだろう。

抱きしめられ、唇をふさがれるのがたまらなく気持ちがいい。

唇が離され、獣のような勢いで腰が動かされる。言葉すらなく、肉のぶつかる音と濡れた音ばかりが唯一の会話となっていく。

肉食獣に、身体をむさぼられていくような感覚があった。

じわじわと身体が高まり、いくら懸命になってこらえようとしても、より深くまで性器が突き刺さっていく。

「——！」

電流が身体を貫き、快楽が脳の中心まで襲いかかった。理性もなにも、すべてが圧倒的な快感の前に屈服する。

「…つぁ、……つぁ、あ、あ……っ！」

身体がびくびくと震える。

締めつける身体の奥に、伊沢が征服の証しを放ったのがわかった。

——熱……い……っ！

身体の深みに、粘度の高い液体がたたきつけられる。

たまらない屈辱なのに。

それが注ぎこまれるたびに、令毅は苦痛だけではなく快感を同時に覚えた。

力が抜け、震える身体を抱きしめられるとまた思い知らされる。

誰かの腕の中にいるのは、何だかやはり気持ちがいい。

令毅は目をぎゅっと閉じ、しばらくの間、余韻に浸る。

息を整えること以外には、何もできない。

——嫌なのに。

どうして、この腕を振り払えないのだろうか。

こんな温もりなど、欲しくはないのに。


ようやく身体を起こし、令毅は伊沢を無視して部屋の外に出た。

司祭館の端に、浴室がある。その横にはミサのときに身を浄めるための沐浴場《もくよくば》もあって、令毅はそこに向かった。

なぶられ続けた身体は、熱を帯びたようにだるい。

歩くたびに足の間から、注ぎこまれた精液が逆流してくるような気がする。

自分の身体とは思えないような手足を操って、どうにか沐浴場までたどり着いた。忌《い》まわしく火照り、まだ痺れるような身体を浄めたくて、手桶《ておけ》で汲《く》みあげた水を頭上から浴びる。

十一月の頭だ。聖水を汲み上げる井戸から直接引いた水は冷たく、ガチガチと歯が震えた。それでも、この水でなければ身体が浄められそうになかった。

――堕落していく。

伊沢に抱かれるたびに、身体が伊沢に屈していく。

それが怖くてたまらなかった。

――身も心も、穢されていく。

今日は忌まわしい不浄の器官を犯される快楽に押し流されて、精を漏らした。これ以上身体があの男に慣らされたら、いったい自分はどうなるのか想像がつかない。背徳の快感は罪だからこそ、あんなにも甘く身体を溶かすのだろうか。

しかし、誘惑に打ち勝たなければならない。

何度も決意するたびに破れてきた。

身体をなぶる伊沢の指や、唇や、性器の動きに逆らえない。あらがおうとすればするほど、快楽に引きずりこまれる。ここまで、自分が弱い存在だとは知らなかった。

震える指先で、令毅は胸元に下がっているロザリオを探った。ただぎゅっと握りしめると、小さな安らぎが生まれる。

神に代わる慰めは、それでしか得られなくなっていた。

——これも、あの方からプレゼントされた品……。

あの篤志家は、令毅の情報をどこから得ていたのだろうか。

令毅が十八になったクリスマスのプレゼントが、このロザリオだった。令毅が神学部に進むことを決意した年のプレゼント。

その日からずっと、そのロザリオは令毅の胸にある。握りしめると、安堵する。このロザリオと一緒に、令毅は信仰の道を歩んできたのだ。

——あの方だけは、私を見捨てない。……そうだろうか。

不安が走る。

それでも、信じるしかなかった。

ため息が漏れる。

濡れて、肌にべったりまとわりつく髪を掻き上げる。

自分はどこまで、伊沢に飼い慣らされていくのだろうか。

濡れた身体をタオルでぬぐい、寝間の白のネルの長衣を身につけて、令毅は廊下を戻る。

居間の明かりがつき、伊沢の話し声が聞こえてきた。誰かいるのかと思って向かえば、伊沢は携帯電話を相手に仕事の話をしているようだ。

伊沢は令毅に気づくと、すぐに電話を切り上げる。伊沢と話したくなくて、令毅は居間から出ようとした。凍えて、疲れ切った身体をベッドに横たえたい。

しかし、伊沢に呼び止められた。

「まぁ、待てよ」

あごをしゃくって、椅子を示される。

「座れ。茶でも入れてやる」

――茶？

備え付けのキッチンに、小さなミルクパンがかけられていた。甘いミルクの匂いが、紅茶の匂いに混じっている。

その茶葉はこの間、伊沢が置いていった金で買ったものだった。買っておく義理はなかったが、ついでがあったときに買っておいた。いくら嫌な相手でも、頼まれたものを反故《ほご》にするのは気が引ける。

「……お釣りは、そこの封筒に入れてあるから」

万札は十二枚もあった。どんな高級な茶葉を買ったら、それだけ使うというのだろうか。スーパーに並んでいるうちの一番高価なものを買ってみたが、それ以外に伊沢の金で買う気にはなれなかった。

「釣り？」

いらない、と伊沢は言いかけたようだが、思い直したようにポケットに封筒をねじこんだ。それから、令毅の前にミルクティを注いだカップを置いてくれる。

不意に手を伸ばされて、氷のように冷えた頬に触れられた。

「冷え切ってる。……俺に抱かれるのは、そんなにも嫌か？」

「嫌でないはずがあると思うか」

冷ややかに言い返すと、伊沢は笑いの形に瞳を細めた。

からかおうとしているような気配を読み取りながら、それを無視して令毅はカップに口をつけた。やけどしそうな熱さが唇を焼き、胃まで流れていくのがわかる気がした。飲んだあとに、ミルクと紅茶が香ばしく薫った。

思わず、小さく息を漏らした。

伊沢はテーブルの向かいにいて、令毅と同じようにカップに口をつけている。部屋の中は温かく、どうしてこの憎い男と向かい合って、お茶など飲んでいなくてはいけないんだと苛《いら》ついた。

窓の外に視線を移すと、真っ暗だ。

視線を戻したとき、伊沢の視線が令毅のはだけた胸元から見えるロザリオに注がれているのに気づいた。

「何か」

「それは、売り払わねえの？　金目の品だ」

値踏みされたのに、ムッとする。

貧乏教会の神父には分不相応な品だと言いたいのかもしれない。もしくは、少しでも金を回収したいのだろうか。令毅から何もかも奪おうとしてくる。

「――これは売らない。大切な品だから」

「誰かの形見か？」

「形見ではないけど、……私にとって、とても大切な人からの贈り物なんだ」

「恋人か？」

からかうように言われて、令毅の胸はかすかに痛む。

神父に恋人などいない。この先も神父でいるかぎり、作れるはずがない。わかりきったことを聞く伊沢の態度に腹が立つ。

だから、わざと言ってみた。

「……恋人のような人からだ」

「へえ」

伊沢の瞳に、興味を抱いたような輝きが宿った。その瞳にそそのかされて、令毅は言葉を継ぐ。自分は見捨てられた存在ではなくて、大切に思ってくれる人もいるのだということを伝えてみたい。物のように令毅の身体を扱う伊沢に腹を立ててもいたのだ。

「ずっと昔から、私にクリスマスのときに贈り物をくれる人がいるんだ。顔も知らないし、名前も知らない相手だが、すごく感謝してる」

「そんな相手が恋人？　物をくれるから、恋したっていうのか？　それはその相手ではなく、物に感謝してるだけだろ」

即物的な物言いをして、伊沢は笑う。

令毅は伊沢から視線を外した。

令毅がずっと抱えてきた孤独のことなど、伊沢はおそらく何も知らないのだろう。どれだけ両親の愛に包まれて育った子供をうらやましく思い、顔も覚えていない父や母のことをひりつくほどに恋しく思って身もだえしたかなど、想像もつかないに違いない。

「この世の中に、私を気にかけてくれる人がいるとわかっただけで、嬉しいんだ。そのこ

とを、プレゼントされた品が伝えてくれる。たっぷり時間をかけて選ばれ、私のために大切なお金を使ってくれた。そう考えただけで、私は幸せになれる。即物的なものしかありがたがらない誰かさんにはわからないだろうが」

令毅のイヤミなつぶやきを、伊沢は鼻で笑った。

「相手はそんなつもりはないかもしれないぜ。哀れな子供に対する、単なる偽善の気持ちに過ぎないかもしれない」

「偽善でもいいよ。それでも、私は幸せな気持ちになれたんだから」

長い時間をかけて、令毅はその人についていろいろ想像してきている。幸福な一人遊びだ。

だから、今さら伊沢に指摘されても、揺らいだりしない。

伊沢は令毅の揺るぎのなさに驚くように一瞬眉を上げ、それからテーブルに頬杖をついた。

鋭い瞳の表面に令毅を映し、甘くささやいてくる。

「だったら、その相手はとんでもない極悪人に違いない。たとえば、過去に悪いことをした。その贖罪《しょくざい》のつもりで、どうでもいい子供を一人、幸せにすると決めて、おまえになにやら贈ってくることにした、ってのはどうだ？　おまえを悦ばせようという気持ちではなく、あくまでもその男の良心が痛まないようにするためだ。氷のような冷ややかな心の持ち主なのに、その男にはほんのひとかけらの良心が残っていて、その良心をそんな形にケアしている」

「つまり、私のためではなくて、その極悪非道の男の単なる気やすめだと？」

伊沢はうなずく。

意地悪を言ったり、悪巧みをしているときの伊沢はなおさら、楽しげに見えた。

どうして伊沢はわざわざこんな仮定まで口にして、令毅の幸せを否定しようとするのだろうか。たまに伊沢は、信じられないほど子供っぽく感じられることがあった。

「それでもいいよ。私はその相手にとって、唯一無二の存在であるなんて、思ってない。どんな理由であれ、単なる気まぐれであれ、気にかけてもらえただけで嬉しい」

「どんな極悪人でもか？」

「どんな極悪人でも」

肯定すると、伊沢は重々しくうなずいた。

「その極悪人とやらは、いつか罪の報いを受けて死ぬときには、てめえのところに懺悔《ざんげ》に来るに違いない。そのときにようやく、てめえはその相手が誰だかわかる。どれだけそいつが、身震いするほどの悪事を働いたかがわかる」

「不吉な予言だな」

何のつもりで伊沢がこんなことを言うのかが、理解できなかった。

飲み終わった紅茶のカップを置いて、逆に尋ねてみる。

「おまえには、そのような相手はいないのか」

「ん？　どんな？」

「どこかで自分を見守ってくれるような人。その人の存在が勇気を与えてくれるような」

「てめえはさすがに神父だな。言うことが、いちいちくすぐったい」

伊沢は大げさに肩をすくめてから、意外にもまともに答えた。

「俺にもそんな相手がいたら、少しは変わっていたかもな。世界のどこかで、俺を気にかけてくれる存在が一人でも感じ取れたのなら、俺はこんなになってなかったかもしれない。

——なんて思うことは今さら無駄か」

その言葉が引っかかる。

「誰も気にかけてくれる人はいなかったのか」

その言葉に伊沢は皮肉気な微笑みを浮かべた。

「てめえは大切に育てられてきたんだろ。幸せなことにな」

伊沢の手が軽く頭に触れ、そっと髪をかき混ぜられた。子供みたいな扱いをされて腹が立つはずなのに、何故か胸が痛くなるようなうずきがこみあげてくる。

——なんだろう、これは。

抱かれるときにも感じた。寂しさを癒す甘い痺れだ。

令毅は瞬きをして、不意にこみあげてきた涙を押し殺した。

幼いころ、もっとあからさまに愛情をねだればよかったのかもしれない。その空白が、令毅にはある。

令毅は抱かれるのが苦手な子供だった。

篠崎神父は令毅を抱きしめることがなかったから、単純に慣れていなかった。だから、たまに信徒に抱きしめられるようなことがあっても身体を強ばらせてしまい、相手は嫌がっているのだと誤解する。

——違うのに。

本当はもっと強い力で、有無を言わせぬぐらい強引に抱きしめて欲しい。

伊沢のように気楽に触れてくれる人がいたら、令毅は今とは少し違っていたのだろうか。

伊沢は居間の壁にかかる十字架のイエス像を眺めていた。

「——祈ると、何かいいことでもあるのか」

尋ねられて、令毅は少し考えた。

祈ると神を感じる。イエスと一緒にいるのを感じる。だけど、それは信仰心のない相手にはわかってもらえない感覚なのかもしれない。

だから、こう答えてみた。

「心が安らかになる……かもしれない」

「それだけか」

伊沢は令毅の横を通り過ぎて、そのまま部屋から出て行った。足音が廊下を遠ざかり、司祭館のドアが閉じる。

令毅の頬には、伊沢の手が触れた感触だけが残された。

令毅はそっと、自分で頬をなぞる。

性的に触れられるだけではなく、ただ普通に撫でられただけでも、何か甘いような戦慄が肌に残る。

かすかに心を騒がせる、どこか懐かしいような感じのする温もりだった。

——なんだろう、これは。

肌が馴染《なじ》むというのは、こういうことなのだろうか。

何もかも初めての令毅には、いろんなことがわからない。

翌日、聖堂の献金箱に、封筒に入った金がそのまま入っているのを令毅は見つけた。伊沢に釣りとして渡したものだ。

『――祈ると、何かいいことでもあるのか』

伊沢の声が記憶からよみがえる。

あのあと、伊沢は聖堂に来たのだろうか。そして祭壇の主に祈ったのだろうか。

――そんなわけはないか。

伊沢が祈る姿など、想像もつかない。

伊沢の望みも、欲望も、何もかも令毅には理解不可能だった。

〔六〕

「神父さま！　令毅さま」

日曜日のミサが終わったあと、令毅は信徒たちに呼び止められた。

封筒に入ったお金を次々と差し出される。

「これは……」

「教会がお金に困っていると聞きました。借金取りのような人たちも、押しかけているって聞くでしょう？　もうじっとしていられなくて。少ないですが、うちにある金をかき集めてきましたよ」

「私もね。本当に少なくてすまないんだけど」

信徒たちは恥ずかしそうに言って、顔を見合わせて微笑む。

信徒たちの生活は楽ではなく、老後の蓄《たくわ》えすら十分ではない経済状況を知っていた。それだけに、令毅はそのありがたさに目頭が熱くなるのを覚える。

「ありがとうございます」

信徒たちに今日話そうと決めていた。

しかし、その前からお金を託されたことに感動してしまう。

令毅は時間が取れる信徒に集まってもらい、教会が陥った経済危機について説明することにした。

一千万の借金があることを伝えてから、令毅は深く頭を垂れた。

「申し訳ありません。……すべて、私の無知と愚かさのせいです。皆様が大切に守ってきたこの教会を手放すことにならないように、懸命に努力いたします」

「努力って言ったって、借金がこの額ではねえ」

年配の、男性信徒が苦笑する。

令毅にとっても、慎ましく暮らしている信徒たちにとっても、借金はどうにもならない額なのだ。よくもこんなにも借りられたとため息をつくように言われ、ひたすら謝るしかなかった。

年配者が多い信徒たちは、怒りよりも諦念《ていねん》をにじませているように見えた。

「とりあえず、努力してはみるけど」

「篠崎神父の入院費が元では、あなたを責めるわけにはいかないからね」

「いえ、私が……、もっとちゃんと気をつけていれば」

「こうなる前に、私たちに相談してくれれば、まだよかったけどね」

信徒たちの声が、胸に突き刺さる。

令毅は深く頭を下げるしかなかった。

──そうかもしれない。

心配させまいと黙っているより、もっと前に話しておけばよかったのだ。

特に解決法が見いだせないまま、会は終わる。

──一千万、か。

今の令毅にとっては、途轍もない額に感じられる。

それでも、あきらめたらそれで終わりなのだ。


日曜日のミサの時間以外は、めいっぱい神父のバイトを入れた。掛け持ちでいくつかのホテルを渡り歩くことにしても、毎日ある仕事ではないから、大した金額にはならない。合間にはホテルで他の雑用もしたが、夜の仕事を入れることだけは伊沢が赦してくれない。

「痩《や》せたな」

夜ごとに司祭館に訪れる伊沢は、そう言って馴れ馴れしく顔に触れてくる。

さらうように車に乗せられて、食事に連れていかれることも多かった。強引な男だ。しかし、連れていかれたレストランでの普段の粗末な食事では得られない舌の快楽と、断りきれなかったワインが令毅を酩酊《めいてい》させる。

「どうして、私を誘う？」

グラスを口に運びながら、令毅は必死で仏頂面を保とうとした。

伊沢は罪悪感のある快楽ばかりをくれる。

耽溺《たんでき》してはいけないと、頭のどこかが警鐘を鳴らす安逸《あんいつ》に、令毅を誘いこむ。

置かれた魚料理の皿にナイフを入れて口に運ぶと、しっとりした口当たりと、鱸《すずき》特有の香りが舌に広がった。トマトや柑橘《かんきつ》類から作られるソースが、鱸の香りとピタリと噛みあって、おいしさに言葉を失うほどだ。

彩りも美しく、こんなに手のこんだ料理を食べるのは初めてだった。その向かいで、伊沢は平然とフォークで口まで運んでいる。

「同行者がいないと、こういう店では居心地が悪いからな。それに、あまりに憔悴《しょうすい》されると、俺が生気を奪い取ったような気分になる」

「吸い取ってるくせに」

伊沢をにらみつけて、令毅はまたもう一口食べた。

伊沢の中の悪意と善意のバランスがつかめない。こうして食事に連れていってくれるところなどは、気を遣ってくれているのではないかとも思う。最初は拒んでいた令毅だが、意外なほど伊沢と過ごす時間は居心地がいいことも知った。

連れられていく店は高級店ではあっても過ごしやすく、令毅の神父服を見てもことさら驚いた顔を見せない。教会での食事に慣れた令毅にとっては、想像を超えるほどにどれも美味だった。

そして、伊沢が令毅にいれてくれたミルクティのように、どこか懐かしいような味がするのはどうしてだろうか。ことさら、伊沢がそのような味を好んでいるのかもしれない。次に誘われると、拒むことができないくらい、癒され、さらなる快楽を求めて、もう一度食べたい気分になる。

——餌《え》付けされているだけか。

そして、伊沢との会話は思っていたよりずっと心地よい。

伊沢は令毅にいろいろ話させ、からかうように口を挟んできた。こんなふうにどうでもいい話を気負いなくできるのは、伊沢ぐらいだ。令毅のことを神父だと意識してないような伊沢が相手だと、ありのままの自分でいられる。

食べ終わった魚料理の皿が下げられ、口直しにソルベが出てきたあと、肉料理の皿が運ばれてきた。

鮮やかなロゼ色の断面から、おいしさが伝わってくる。

「そういえば、うちの聖堂の献金箱に毎日、信じられない額の献金が入ってるんだ」

ナイフを入れながら、令毅は伊沢の表情をさりげなくうかがった。

「信徒たちに慕われてるんだな、おまえは」

平然と伊沢が返してくる。この男が素直に自分の行動を認めるはずはないと考えていたが、やっぱりそうだ。

毎日、信じられない額の献金が入れられていた。信徒たちに教会の窮乏《きゅうぼう》を訴えた直後からだが、それにしても額が多すぎる。万札で十万以上連日入っているのは、普通では考えられない。

去年水回りの工事をしたとき、五十万ぐらいの金を集めるだけでも大変で、時間をかけて積み立てたのだ。信徒たちの懐具合はよく知っている。

伊沢が封筒ごと、釣りを入れていたことが頭の隅に引っかかっていた。献金箱にお金を入れているのは、伊沢しか考えられない。

信徒の人も、あれからことあるたびにお金を届けてくれたが、直接令毅に渡してくれる人ばかりだ。ただ何も言わずに金だけ放りこんでいくような乱暴者は、伊沢の他にいない。

留守中の聖堂は戸締まりしてあるから、献金箱に近づける人はそう多くないのだ。

——どう聞いたら認めるんだ、このひねくれ者は。

伊沢とのつきあいの中で、何となくその性癖が見えてきた。

——まず、素直じゃない。

普通に話している分にはさほどではないが、肝心なところでは決して本心をつかませようとはしない。

令毅のほうも伊沢相手にはなかなか素直にはなれないのでお互い様なのだが、扱いやすい相手では決してない。借金のカタに神父を犯すような伊沢が、いったい何を考えて献金箱に金を入れているのか、令毅にはまったく理解できなかった。

——私を抱いた代償にしては、額が多すぎるし。……やっぱり、伊沢ではないのか。それとも、他に魂胆《こんたん》でもあるのか。

考えこみながら、口に肉を入れて噛みしめた途端、うまみが広がった。

焼けた肉の香ばしさに、ソースの濃厚な味わいが加味されて、噛むたびに肉が溶けていくような感じがあった。

圧倒的なおいしさに、絶句する。

「おまえは、おいしそうな顔をして食べるよな」

伊沢が向かいで笑った。

からかうような目をする伊沢に見つめられると、恥ずかしさのようなものが広がった。

「見るな」

「見せろ。……一緒に食事をする相手は、貴重だからな。おいしそうな顔が観たい」

「そんなの、いくらでも他にいるだろうが」

「そうでもない。おまえみたいに、真剣に食べる相手はそう多くはないから」

――真剣？

おいしいものを食べ慣れてないとでも言いたいのだろうか。令毅は元の仏頂面に戻る。

少しふてくされながら、令毅はつけあわせのヤングコーンに手を伸ばした。自分で皮を剥いて食べる趣向になっていた。歯を立てると、かりっと音がして、もぎたてをそのまま食べているような新鮮さが感じられた。ふと気づくと、やはり笑顔になっていた。

――やっぱり、聞いてみようかな。

「献金箱に金を入れるのはおまえか」

駆け引きも何もなく、ストレートに尋ねた途端、伊沢の眉がぴくりと動いた。

「何で俺がそんなことをするよ」

「だって、信者の人には金がないことは、私が一番知ってるから」

嘘を見抜こうと見つめてみたが、伊沢は涼しい顔をしていた。

「知らないね。どうして俺が、金を入れるんだよ。あのボロ教会に」

「だったら、いったい誰だよ？」

「俺が知るかっての。他の信者どもとしか考えられねえよ。貧乏ではあっても、ずいぶんとてめえを慕ってるようじゃないか」

冷ややかに、侮蔑すら感じさせる声で吐き捨てられる。認める気はまったくないようだ。

困惑した令毅の前に、新たな皿が届いた。料理とデザートとの間の橋渡しをする一皿だ。

その後に、デザートが四品、運ばれてきた。

「堕落しそうだ」

ふんわりと甘いクリームが舌の上で溶けていくのを、令毅は陶然としながら味わう。

「堕落しろよ。欲しかったら、俺のをやる」

伊沢が令毅を見守りながら、瞳をそっと細めた。

たまに伊沢はこんな顔をする。

ふとした一瞬に令毅は、甘やかされているような錯覚に陥るのだ。

——なんでだろう。

伊沢がわからない。この男は、敵のはずなのに。

その敵と向かい合って、食事をする。

このひとときを、心地よく感じていることだけは、認めないわけにはいかなかった。

「もう……っやめろ、触る……な」

すっかり身体は慣れているというのに、なかなか心は堕ちない。

それでも、感じるにつれて「やめろ」は減って、代わりに甘い吐息が漏れてくる。その変化を見守るのが、伊沢はとても好きだった。

唇の端から唾液をあふれさせ、瞳に涙をいっぱいにためた美しい顔のラインを、伊沢はそっと手でなぞる。

シーツの上の令毅の身体は、なおさらそのラインの美しさと透き通るような肌の白さが際だった。

嫌がるように顔を背ける神父の汗ばんだ首筋にからみつく黒髪を指先で剥《は》がしてから、体内に突き立てた性器を動かすと、濡れた音が漏れてきた。

感じるところを探るように動かしただけで、襞が締めあげてくる。

すっかり、感じるところを身体が覚えているようだ。

「中がひくついてるぜ。掻き回して欲しいのか」

先端だけ残して引き抜くと、引き留めるようにきゅっと襞が締めつけてきた。

さんざんなぶって、襞の感覚を高められた令毅は、絶頂時の快感を維持したような状態に陥っているらしい。乱暴に掻き回されたくてしょうがないようだ。

入れたり出したりして、縁ばかりを焦らすように刺激する。

今の令毅にとっては、焦れったいほどの刺激だろう。この身体に、快感というのがどれだけ深いものか教えこんでいた。

こんな刺激では、令毅が達するには到底足りないほどになっている。縁を出し入れされるたびに、襞が収縮して奥のほうまでうずいてたまらないに違いない。

物欲しげに尖っている乳首に吸いつき、舐めしゃぶると、襞の締めつけはさらに強く激しくなった。

中の蠢動《しゅんどう》を感じ取りたくて、伊沢は奥までぐっと一気に押しこむ。

「つん……」

甘く、艶《つや》めいた吐息が漏らされた。

令毅の身体が一度きりの刺激にびくりとのけぞる。

もっと刺激を欲しがる令毅の体内を根元まで貫いたまま、伊沢は動きを止めた。

「動かして欲しいのか？」

「……っそんなこと……ない……っ」

いつでも身体は快感に負けて陥落するくせに、令穀は抵抗心を失わない。だからこそなおさら執拗に、その身体をなぶりたくなる。

欲しがるような襞の動きを感じながら、伊沢は乳首を強く吸い上げた。尖っている乳首を指先でつまみ上げ、爪を立てるようにしてこすると、びくびくと令穀の下肢まで跳ねた。

「……つん、ん！」

身じろぎに合わせて、中がこすれる。それに感じるらしくて、令穀の腰の動きは淫らになった。

「自分でそんなに動くなよ」

口ではそう言いながら、伊沢は乳首をいじめ続ける。

軽く歯を立てるたびに令穀の身体が反り返り、悲鳴のような声が上がった。じっとしていることができないらしく、自分で腰を動かして、自ら襞にこすりつけるような淫猥な腰の動きを伊沢は堪能する。

見上げてくる令穀の瞳が涙に潤み、享受《きょうじゅ》している快感を伝えてくる。背徳感に満ちた快感に翻弄《ほんろう》されている己を、深く責めているように見えた。

——忘れてしまえ、何もかも。

だからこそ、伊沢は令毅をより穢したくなる。その無垢な身体に罪深い快感を教えこみ、入れれば感じずにはいられないほどの感じやすい身体に仕立ててきた。

突き立てただけで、甘い吐息を漏らす身体に。

なのに、どうして令毅を自分のものにしたという実感がないのだろうか。

伊沢が手に入れられるものは、目に見えるものでしかない。家や車、贅沢なサービス。すべて金銭で置き換えができるものばかりだ。

愛し方などわからない。思いの伝え方すらわからない。

欲しがれば欲しがるほど、強引に奪うことしかできない。

そのことで逆に嫌われる。

わかりきった構図だ。

この年までつきあってきた女たちもいるが、いずれも長続きしなかった。伊沢の容姿や地位や金を目当てで近づいてこられるような相手に、心が動くはずもない。それでも誘われてつきあえば冷たいとののしられ、そのことで自分は冷たいのだと思い知らされる。心まで凍りつく。警戒心ばかりが強くなっていく。

「……っく」

両方の乳首をつまんで指先でひねると、令毅の表情が苦痛と快楽にゆがんだ。

さらに可能なかぎり引っ張ると、令毅は苦しげな吐息をそのかぐわしい唇から漏らす。

「……や、めろ……」

そのくせ、令毅がこの行為に快感を覚えているのは、深くまでつなぎ止めた部分の動きからわかった。

「俺が欲しいと言え」

言わないのは承知の上で、伊沢はその身体をさらに追い詰める動きに入った。

焦れったさしか感じられないゆっくりとした動きで、令毅の感じ襞の部分をペニスでなぞる。同時に、乳首の刺激も止めない。

乳首をつまみ上げ、口に含み、舌で転がした。

「……っ！」

令毅の感じるところは、もうすでに知り尽くした。

痛いほどに締めつけてくる粘膜を思いきり突き上げてやりたいのを我慢して、複雑に腰を押し進める。

「つぁ、……つぁ……っ」

焦れったくてたまらないのだろう。

感じるところを性器の先でやんわりと押すたびに、令毅の身体は大きくはねた。

体内をひたすら焦らされる感触と、感じやすい乳首への刺激が令毅から理性を奪い去る。今はもう、性器をなぶらなくても中と乳首だけで十分達する身体になっていた。

襞に力が入りすぎて、大きく開かせた腿の内側に腱が浮いていた。

ペニスにからみついてくる柔らかな粘膜の抵抗を感じ取りながら、逆らうようにそこをえぐっていく。

「どうして欲しい？」

伊沢は尋ねる。

この強情な神父の口で、ねだるようなことを言わせたくてたまらなかった。

天の高みから、地上に引きずり堕としてやりたい。

令毅の持つ白い羽根を引きちぎりたかった。真っ白な雪を踏みにじりたいような、凶暴な欲望がこみあげてくる。令毅を抱くときは、いつもそうだ。

伊沢は令毅の鎖骨の上に唇を移動させ、白磁に似た肌に歯を立てた。

「……っ」

痛みを感じるのか、令毅が息を呑む。中の締めつけが強くなる。

肌に赤い跡が点々と散った。なおも伊沢は肌に噛みつき、強く吸って、印をつけていく。

痛みにすら感じるのか、令毅の息が切羽詰まったものに変わっていた。

「──俺のものだ」

令嬢に言い聞かすようにささやくと、その身体に大きく震えが走った。

焦らしすぎて苦しかったのか、しゃくり上げて泣き始める。

そんな令嬢が急に愛しく思え、伊沢は髪をかき混ぜて、その唇に軽く口づけた。

「……あ」

「好きだって、言ってみろ。愛してるでもいい」

まったく唐突に、そんな言葉が唇からこぼれ落ちる。

そんなことを言うつもりなどカケラもなかった。伊沢の人生において、愛だの恋だのという感情は意味を持たない。そのはずだ。

なのにどうしてそんなことを、自分は言わせるつもりになったのだろうか。

伊沢はそのことに驚き、非常におかしくなる。

何度か好きだと、女から言われたことがある。金や財産目当ての相手からの、結婚を求めるがための欺瞞《ぎまん》の言葉だ。あからさまに嘘だとわかった。だから、大嫌いな言葉だ。

反吐《へど》が出る。どうして人は嘘をつくときにかぎって、そんな言葉を使うのだろうか。

伊沢にとって、それは神聖な言葉ではない。欺瞞に満ちた陳腐《ちんぷ》な言葉だ。この世で一番嫌いな言葉だ。怒りがこみあげてくる。

「どう……して……っ」

令毅は美しい形をした唇を動かして、伊沢を見上げた。

もうろくに声をつづることすらできないのだろう。

「理由などなんでもいい。遊びだ」

「――あそ……び？」

「そう。俺にとっては、大嫌いと同じ意味だ。……言ってやろうか。愛してる」

令毅に向けて甘くささやいてやると、令毅の表情が切なそうにゆがんだ。

目をぎゅっと閉じて、伊沢の言葉を聞くまいとしているように見える。耳までふさごうとする令毅の手首を押さえこみ、伊沢は令毅に再度ささやいてやる。

「……愛してる」

令毅の肌が、さらに赤く火照った。

いくらかまっても、令毅は手に入らない。なのに、何とかして手に入れようとあがいてしまう。こうしてかまい倒さずにはいられない。

まるで、どうにかして相手の心を惹きつけようとしているように。

そうして令毅を揺すぶったことに、伊沢は満足した。令毅に淫らなことを言わせるのはどうでもよくなって、押さえていた手首を離す。

代わりにほっそりとした腰をつかんで、根元まではめこんでいた伊沢の性器を抜いていった。ぞくぞくするような抵抗感がある。

令毅は眉を強く寄せて、その甘い快感に耐えていた。

「からみつく」

下を向いて、伊沢は抜け落ちそうな接合部に視線を向けた。

「ちが……っ、そんな……っ」

恥ずかしさを覚えたのか、ぎゅっと中に力がこもったのを感じながら、伊沢はすかさず深くまで突き戻す。

奥まで一気に埋めこむと、令毅が甘い声を上げた。

その声を聞きながら、伊沢は抜き差しのスピードを上げていく。

突き上げるにつれて、襞のうごめきが強くなった。その抵抗に逆らって、奥まで強引に押し開き、突き回すように腰を使っていく。

「つぁ、……つん、……つぁ、あ、あ……っ」

伊沢はじっと、令毅を見つめていた。

切なげに眉を寄せ、全身を支配する快感に耐えるように唇を噛む令毅の苦しげな表情が、伊沢の欲情を掻きたてる。

快感に囚われまいとするように顔を左右に振るとき、伊沢の性器でむごく開かれた部分が甘くまとわりつく。

伊沢は神父を完全に屈服させるために、さらに激しく腰を送りこんでいった。

絶頂に達したあと、激しい行為の反動で、令毅はしばらくの間、ベッドで身じろぎすらままならなくなる。

そんな状態にある令毅を寝てるとでも思うのか、伊沢が身体に腕を回し、そっと抱きしめてくるようになった。それだけではなくて、ペットでもあるかのようにあちこち触れてくる。

そんな伊沢の態度に、令毅はとまどいを覚えた。

済んだあとのそんな接触は嫌いではない。目を開けることができない億劫《おっくう》さの中で、頬やまぶたをなぞる伊沢の指の動きに、心地よさを覚えていた。

——愛されてる、……ような気がする。

ただの錯覚に違いないのに、そんなとまどいが令毅の中に生まれるほどだ。

抱いている最中に伊沢がささやいた言葉を思い出しただけで、息の詰まるような衝動がよみがえってきた。

——愛してる、だって。

あれは何だったのだろうか。

素直に信じこむことなどできない。

嘘に決まってる。ただの酔狂だ。その証拠に、伊沢の口調には誠実さのカケラもなかった。それくらい読み取れる。

どうせ嘘の言葉だとわかっているのに、あのときから令毅の胸には甘い熱が詰めこまれたままだ。まだ消えてはくれない。

——愛してる、だって。

同じ言葉を、篠崎神父から言われたことはある。しかし、父親や師のように令毅を見守ってくれた篠崎神父からの言葉と、伊沢からの言葉はあまりにも違っていた。

親愛ではなく、セクシャルなものを含んだ、情愛を感じさせるものだった。

ぐったりとした令毅の全身を、伊沢がなぞっていく。触れられるのは好きだ。だから、なおさら動かずにじっとしてしまうのかもしれない。

目を閉じ、伊沢の指の動きを追いながら、令毅は昼間、訪ねた柄井の話を思い出す。

クリスマスまでに返済するつもりの総額を、正確に知りたかったのだ。

パソコンで金額をはじき出している柄井に、今日は伊沢はいないのかと皮肉気に聞くと、不思議そうな顔を向けてきた。

『伊沢さん？　あの人がどんな方だか、ご存じないのですか』

『どんな方って……。あなたの部下ではないのですか』

『伊沢さんと私とは、器が違いますよ。少なくとも、私の部下ではないことだけは確かです。何しろ、伊沢エステートタワーのオーナーですから』

『伊沢エステートタワー？』

『ほら、駅前に三十階建てのピカピカしたビルがあったでしょう。あそこの持ち主である企業のボスですよ』

言われてみれば、ひときわ人目を引く立派なビルがあった。オフィスビルで令毅にはほとんど用事がなかったから、名称など気にしたことがない。

伊沢はこの一件と無関係だと言うのだろうか。令毅は驚きを隠しながら、柄井に念を入れて尋ねた。

『伊沢はあなたたちのお仲間で、うちの教会をつぶして、金儲けのために土地を奪おうとしている一員ではないのですか』

柄井は肩をすくめて、にやにやと笑った。

『伊沢さんなら、是非とも仲間になって欲しいですけどね。仲間どころか、あの人とまともにやりあうことなど不可能ですよ。私はすぐにでも、あの土地が欲しいんですけどね。しばらく待てと口を挟んできたのが伊沢さんでなかったら、今頃、どんな手を使ってでも、あの土地は手に入れてる』

薄く笑う柄井から書類を受け取って、令毅は戻ってきた。

伊沢が口を挟むようになってから、利息は法定金利まで引き下げられているらしい。柄井は恩着せがましくそう付け加えた。

――どういうことだ。

それから、胸に疑問が詰めこまれている。伊沢は何のつもりで、この教会の件に介入してきているのだろうか。

単なる親切心とは思えない。かといって、あの大きなタワーを構える大きな会社が横取りしようというほど、この教会の土地が価値のあるところとは思えなかった。

そして、借金のカタになっている令毅の身体にも、大した意味があるはずがない。

令毅はかすかな胸の痛みを感じながら、身じろいだ。寄り添うように身体を横たえている伊沢の顔を、目を開けて見上げる。

その途端、ドキリとした。

伊沢の顔には、柔らかな笑みが浮かんでいたからだ。愛おしいものに触れ、愛情を注いでいるときのような甘いまなざしをしている。

——どうして。

こんな伊沢は知らない。

鼓動が乱れた。

いつもは、皮肉気に見える冷ややかな笑みや嘲笑ばかり向けてくるくせに、令毅の知らないところではこんな顔をしているとでもいうのだろうか。

伊沢は令毅の視線に気づくなり、すっと瞳を細めた。それだけで、いつものシニカルな表情に戻った。

それでも、かすかに優しさの名残が残っているように見えた。

令毅の視線を受け止めても狼狽を見せない伊沢の指が令毅の目元に触れ、かすかににじんでいた生理的な涙をぬぐっていく。

「——どうした？」

尋ねられても、令毅には答えようがない。

「どうって？」

「いつもは目が覚めるなり、不機嫌な顔をして俺の手を振り払うのに、今日はおとなしくしてるからさ。……疲れたか」

まぶたに触れてくる伊沢の指先から、痺れのような甘さが広がる気がして、令毅はそっと目を閉じた。

「うん。疲れた。眠らせろ」

それでも伊沢の手は離れなかった。

――なんだろう。

この感覚は。

目を閉じるとなおさら、伊沢の指先の動きが繊細なのに気づかされる。まぶたからこめかみに触れ、頬に落ちていく。髪を撫でられる。その指の動きが、心地よくてたまらない。

そして、さきほどの伊沢の柔らかな表情がまぶたに残っていた。

『――愛してる』

あれはただの戯《ざ》れ言だ。

それでも、心が揺れ動く。嘘だとわかっているのに、どうして流せないのだろう。

令毅は神経を研ぎ澄ませて、伊沢の指の動きを追おうとした。伊沢のことが知りたかった。どんな男なのか知りたい。どうして、教会のことに介入してくるのか、本当のことが知りたい。

なのに、そう思った途端、伊沢の指先は動かなくなる。どうかしたのかと思ってじっとしていると、いきなり柔らかなものが唇に押し当てられた。

「……っ」

口づけだ。

予想していなかった感触に、全身がカッと熱くなった。

そっけなく唇は離れていく。

目を開くと、伊沢が悪戯っぽい微笑みを浮かべていた。

「おまえが、キスして欲しいような顔してたから」

「そんな顔、するはずな……っ」

「言い訳するな。目を閉じてじっとするのは、キスをねだるのと一緒だ。古今東西、共通した合図だ」

伊沢は偉そうに言い放って、身体を起こす。

隅にある水差しを取って、グラスに注ぐ。しかし、自分が飲みたいわけでもなかったらしく、令毅にグラスを渡してくれた。

「飲む？　何の変哲もない、ただの水道水だけど」

どうして伊沢は、こうして一言多いのだろう。

「水道水じゃない。水差しにあるのは、うちの井戸の聖水」

飲むとひどくおいしかった。のどがかなり渇いていたのだろう。声もかすれていたのだろうか。

気づいてみれば、伊沢はいつでもさりげなく令毅に気遣いしてくれるように思えた。

——口も態度も悪いけど。

だからこそ、気づくこともなかったが。

「だったら、とっとと飲めよ。キスされた唇を、早々に浄めろ」

ひねくれて聞こえるいいざまに、令毅は思わず視線を上げる。

伊沢は傷ついた目をして、笑ってみせた。そんな目をしている自覚すらないのかもしれない。

どこか孤独な魂だ。

ふてぶてしく見えて、それだけではない繊細さが覗《のぞ》くような。

かすかに胸がうずく。

理解したい、と改めて思った。

どうして教会にここまで介入するのか、その理由が知りたい。

キスされるのが、そんなに嫌なわけではないのだ。

すぐさま聖水で浄めなければいけないほど、伊沢を嫌うことはできなくなっている。
息苦しいような甘い感情が、令毅の胸に生まれ始めていた。

〔七〕

クリスマスのための大掃除を終えると、教会の中も外も華やかなイルミネーションで彩られる。

クリスマスまであと一週間。

祭壇は真っ赤な天鵞絨《ビロード》の布で覆われ、信徒がわざわざ時期をずらして栽培したというマドンナ・リリーが飾られていた。クリブと呼ばれるミニチュアのクリスマスのセットも置いた。

表面上、令毅の生活は変わらない。バイトに精を出し、夜ごとに伊沢に抱かれ、日曜日にはミサをあげる。

しかし、クリスマスが近づくにつれて、伊沢の態度がどこか変わっているように思えた。執拗に令毅をなぶり、その身体に見えない痕跡《こんせき》を残そうとしているのは相変わらずだったが、何かが違う。

司祭館で令毅を抱いたあと、なかなか帰ろうとしない。ぐったりとした令毅にミルクティを入れてくれて、同じベッドに寝そべりながら寝物語にどうでもいい話を聞きたがる。

令毅の幼いころの話や、どうして神父になろうとしたかなど、伊沢は不規則に、どうでもよさそうに質問を投げかけた。最初は伊沢の意図が読み取れず、返事すら途切れがちだった令毅だったが、あまりにもしつこいので、少しずつ口を開いた。

顔を覚えていない人に教会の前に捨てられたことから始めて、どんなふうに生きてきたのかを話す。伊沢はたいてい、聞いているのか聞いていないのかすらよくわからないような態度で、相づちも打たなかったが、それでも言葉が途切れると続きをうながしてくるから、しっかり聞いてはいるのだろう。

「そういや、金は貯まったんだってな、だいぶ」

ごろごろするのに飽きたのか、伊沢はベッドから下りた。乱れた衣服を床から拾い上げて、身につけていく。

「よく知ってるな。情報源は、柄井か？」

柄井から、伊沢は自分の部下ではないと聞いたことを暴露してやろうとして、令毅はぐっと声を押しとどめた。

伊沢に聞きたいことは山のようにある。しかし、素直に口を割らないことはわかっていた。

――どうせ、あと数日で、クリスマスだ。

何かそこで、決着がつくような気がした。それまで待つしかないだろう。

「あと、二百万ぐらい貯まれば、完済になる」

令毅のバイト代と献金箱に入れられている金、それと信徒の寄付金も、かなりの額になっていた。

信徒の人から励ましの言葉とともに金を渡されるたびに、令毅は自分が信じられないほどに恵まれていたのを知る。

ありがたかった。

なんとしてでも教会を守りたいと、そのたびに思う。

「二百万？　よく稼いだな」

「信徒の人が、たくさん寄付をくださったんだ。それに、献金箱に毎日、けっこうな額のお金が入っていたし」

また令毅はカマをかけてみる。

しかし、伊沢はさらりと言い抜けた。

「貧乏そうに見えた信徒どもだが、意外と金を持ってたということか」

――まったく。

ずっと、しらばっくれるつもりだろうか。

献金箱に金を入れる人が伊沢なのか確かめたくて、聖堂に張りこもうとしたことがある。

しかし、伊沢が金を投げこんでいるのは、令毅を抱いたあとらしい。そのときはいつも令毅は精魂つきていて、伊沢に気取られないように足音を殺して行動するだけの気力はなかった。

伊沢は手早く服を身につけていく。精悍《せいかん》な手足が動く姿に視線を外せなくなりながら、令毅は口をつぐんだ。

伊沢にも否定されたから、令毅は心当たりの信徒に一人一人尋ねていた。しかし、皆が皆、否定する。

やはり伊沢しか考えられない。他に誰もいないからだ。

——どうして、お金を入れるんだよ？

顔を合わせれば、からかうようなことばかり口にして、令毅の身体を辱める。なのに、陰からさりげなく手を差し伸べるのは、どうしてなのか。

——それに、あの篤志家についても知りたい。

その正体を、今年こそ突き止めたかった。

「今年のクリスマスに、……会いたい人がいるんだ」

令毅はベッドに一人残されて、身体を起こす。

「片思いの相手、か」

伊沢はキッチリとスーツを着こみ、ネクタイを鏡の前で直した。

令毅は声に出さずにうなずいた。

――あの篤志家も伊沢ではないのか。

証拠は何もない。ただ、淡い予感があった。

幼いころぎゅっと握った、あの大きな手。令毅の頬を包みこんだ、あの温もり。

――違うとは思う。だけど……。

どちらも陰から令毅に手を差し伸べてくれる。だから、印象が重なるだけなのかもしれない。

しかしその人が伊沢だとしたら、令毅はどうしたらいいのだろう。

一番憎い相手と、一番愛おしい人。それが、一人の人間だとしたら。

答えの出ない不安と希望が入り交じった複雑な気持ちに、令毅の心は揺れ動く。

クリスマスまでじりじり待つしかないのだ。


クリスマスのイルミネーションは、伊沢の心を落ち着かなくさせる。

日付が変わった真夜中。

たどり着いた篠崎希望教会も、色とりどりの電球で飾られていた。茂みのあちこちに白い小さな光が瞬き、司祭館のドアにはクリスマスリースがかけられている。

クリスマスイブの夜に、伊沢は教会の門をくぐった。

昨日もおとといも、伊沢は司祭館を訪ねていなかった。その理由は、自分でも説明できない。クリスマスまで、という期間限定での関係が終わるのが許せなくて、もやもやが心にたまっていたから、だろうか。

——クリスマスまで、ではなくて、金が貯まるまで、の約束だったけどな。

いくらクリスマスまで、と令毅が言ったとしても、この小さな教会でそれだけの額が集められるとは思っていなかった。

最初は酔狂のつもりで金を投げこんだのだ。そのうち、この金が令毅の支えになるように思えてからは、義務のようにこっそり入れ続けていた。

何度か令毅に金のことを尋ねられたが、正直に認めるような素直さが伊沢にあるはずがない。

——あと二百万と、令毅は言っていたけど。

その金額を、どうするつもりなのだろうか。ずっと気にかかっている。令毅との関係が終わるか、そうでないかは、金が集められるかどうかにかかっているのだ。

最初は、クリスマスまででいいと考えていた。

あの令嬢が、クリスマスまで身体を好きにさせると譲歩したのが不思議なぐらいだ。

しかし、終わりが来ると、素直には引き下がれなくなる。触れただけで反応する白くてしなやかな令嬢の身体を手放したくなくなる。おぼれていた。

無垢な身体を穢してはいけない、とわかっていながら、それでも止めることはできなかった。抱けば抱くほど、令嬢のことが欲しくなった。自分だけのものにしたかった。

いくら抱いても令嬢は無垢なままで、少しも穢れていない気がした。だからなおさら、その身体に刻み込みたかったのだ。伊沢の存在を。

——執着してる。

心が手に入らないから、身体が欲しかったのだ。身体だけじゃない。そのことを、今となっては否定することもできない。

だけど、もう終わりにしなくてはいけないだろう。伊沢の美学はそう決断を下している。引き際は鮮やかにしろと。なのに、それでもなお、執着は消えない。

——好きな子ほど、いじめたくなる。気になってたまらず、独占したくなる。

俺はガキか、とつぶやき、伊沢はタバコに火をつけた。

昔、教会に宝物を捨てた。

どうやってその宝物をしまった箱に鍵をかけたらいいのかわからず、遠くから年に一度、贈り物をすることしかできなかった。あれは伊沢からの、宝物への求愛だったのだ。

——忘れるな。

俺のことを。

俺はここにいる。いつでも、おまえのことを考えている。

そう伝えたい思いから、逃れきれずに、何かを贈らずにいられなかった。

だから、その宝物からカードが届いたときには、驚いた。

どう対処していいのか、わからずに、狼狽した。返事もできず、遠くから見守ることしかできなかった。ただ、嬉しかった。心の中に花が開いたようだった。

結局、近づかないほうがよかったのだろう。

近づいて、手を触れようとした途端に失敗した。

何もかもぶち壊した。匿名の存在でいることに、我慢できなくなっていた。

ため息をつきながら伊沢は、教会の敷地内から、イルミネーションに淡く浮かび上がった司祭館や聖堂を見回した。

だけど、終止符を打たなくてはいけないのだろう。これ以上令毅を苦しめたくない。あきらめるつもりなのに、どうしてこれほどまでにやりきれない気持ちになるのか。

どうせ令嬢との幸せな将来が待っていることは、決してないとわかっているのだ。

伊沢は令嬢を手に入れられない。

入れられるはずがない。

そんなことは、令嬢の手を引いてこの教会に連れてきた十五年前から決まっていたことだ。どうあがいても無駄だ。

令嬢は伊沢の贖罪の象徴だった。罪を償うために、幸せにしてあげたかった。そのくせ、近づいて傷つけた。令嬢を見るたびに、目を背けたい過去がよみがえってきて、逃れることができなかった。

いくら好きになっても、おそらく幸せな結末が待っていない相手を好きになることこそが、伊沢への罰なのだろうか。

過去の出来事が、同性とか、神父という理由よりも遙《はる》かに、伊沢の心を縛りつけていた。

裏口に包みを置き、苦笑して、伊沢は司祭館の裏口に背を向けようとする。

そのとき、かすかに軋《きし》みながら、ドアが開いた。

青ざめた顔で立っていたのは、ローマンカラーの司祭服をまだキッチリ着こんでいた令嬢だ。

——やっぱり。

令毅は目を見開いて、司祭館の裏口にいる伊沢を見た。

徹夜で張りこんでいたのだ。

毎年、あの篤志家からのプレゼントを、クリスマスイブに受け取っていた。なのに、クリスマスイブの今日も昨日も郵便局や宅配便やデパートの配送の車は、篠崎希望教会の前で一度も停まらなかった。あの篤志家から見捨てられたような不安に陥りながらもあきらめきれずに、ずっと待っていたのだ。

——伊沢だったら、どう言えばいい？

待ってる最中、ずっと考えていた。

あの篤志家が伊沢だという証拠を手に入れたら、自分はどのようにふるまえばいいのだろうか。

考えるだけで令毅の胸には、甘いとまどいが満ちる。

どうして伊沢がこのような親切をしてくれるのか、その理由が思いつかない。誰彼かまわず、寄付やプレゼントをするようなタイプとは思えなかった。

——篠崎司祭に、昔の恩があるとか？

令毅へのプレゼントは、そのついでなのだろうか。しかし、わざわざつけられていた『令毅へ』というカードや、プレゼントの内容が納得できない。どうしても令毅は、あの品物から『おまえのことを特別に気にかけている』というメッセージを受け取ってしまうのだ。

だから、知りたかった。

知らずにはいられなかった。自分が、伊沢にとってどういう意味を持つ存在なのか。伊沢にとって、どれだけの重さがあるのか。

そして、この現場を押さえた今なら、その理由が聞けるような気がした。

「伊沢」

令毅は小さく唇を動かす。

月明かりと街のイルミネーションに照らされた伊沢の長身は、黒い天使のように見えた。長く影を落とすコートに、冷たく整った美貌が際だつ。伊沢は一瞬だけ驚いたような顔を見せたが、すぐにふてぶてしい表情に変わり、鋭い瞳で令毅をねめつけた。

「どうしててめえが、ここにいる」

甘やかさのカケラもない、ぶっきらぼうな尖った口調だった。

令毅は足元に視線を落とす。

クリスマスのあでやかな包装紙に包まれたプレゼントが置いてある。このような証拠がなければ、伊沢が篤志家の正体とは到底思えないような態度だった。

令毅は屈んでプレゼントを拾い上げた。まずはリボンに挟んであるカードを手に取った。

『令毅へ』

いつもの篤志家の文字だった。たぶん、伊沢の直筆だ。

「どうして、……あなたが」

つぶやくと、伊沢はくっと唇の端を持ち上げた。

「あなた？　普段とは違うな」

「答えろ！　どうして、こんなことをするんだ、おまえが」

「不満か？」

憎しみすら感じられるような、皮肉気な低いささやきだった。しかし、憎まれているにしては、向けられてくるまなざしは熱っぽい。不穏な何かを秘めている。

「不満かって言ってるんだよ？　てめえの大切な相手が俺で、さぞかしがっかりしただろうな」

――どうして……。

焦れったさに、令毅は震えた。

――どうして伊沢は、素直になってくれないのだろう。教えてくれないのだろう。

伊沢の性格は、この二ヵ月でだいたいわかってきた。たぶんその悪ぶった仮面の奥に、本当の伊沢が隠れている。

その素顔を知りたいのに、見せてもらえないことが歯がゆい。

だから、令毅は必死で伝えることにした。ここで伊沢の仮面を脱がさなくては、最後までこの男がわからないままだ。どうしても知りたい。どうして、令毅にずっとプレゼントをくれたのか。そして、令毅を抱き、献金箱に金を入れて、助けてくれたのは何故なのか。

感謝しているとも伝えたかった。

どれだけ令毅がこのプレゼントによって支えられてきたか。顔も知らない誰かが、自分を見守ってくれると思えることがどれだけ嬉しかったか。令毅が抱くありったけの感謝をぶつけたら、このかたくなな男の硬い殻は壊れてくれないだろうか。

面と向かえば、悪態しかつかない。甘い愛の言葉など言わない伊沢の心を知りたかった。

令毅はプレゼントを胸に抱え直して、伊沢に言った。

「がっかりなんてしてない。……伊沢だったらいいって、考えてた」

ずっとセーブしていた伊沢への思いが、令毅の心からあふれ出しそうになっていた。

言うと、薄笑いを浮かべていた伊沢の表情がゆがんだ。ハッとしたように令毅を見て、それからまた別の仮面をまとおうとしたが、思い直したように瞳を細め、令毅のことをじっと観察してくる。

その伊沢に、ありったけの思いをこめて告げてみた。

「ありがとうって、……伝えたくて、ここにいたんだ」

だから、教えて欲しい。本当の伊沢を。

かたくなな殻で覆われた、伊沢の素顔を見せて欲しい。


伊沢はたっぷり十秒間は、表情を変えなかった。

それから、何を言おうか考えこむように視線を泳がす。

ここで素直になって欲しいと、令毅は切ないほどに願う。

「——俺がただの善意で、それを贈ると思うか」

「…え…っ」

令毅は息を詰める。

伊沢は冷ややかな顔で令毅を見やり、小さく息を吐き出す。それから、聖堂のほうにあごをしゃくった。

「懺悔させろ。神様の前で俺の罪を、すべて暴露してやるよ」

伊沢の全身から強い覚悟と緊張が感じ取れた。


懺悔とは仏教用語で、キリスト教では正式には、告解《こっかい》や、悔悛《かいしゅん》、赦しの秘跡という言葉で表現される。しかし、そんな表現上の問題は令毅には気にならない。

驚いたのは、伊沢が告解をするという行為自体にだ。

「本気か?」

尋ねると、伊沢はうなずく。それで、令毅も覚悟することにした。

何かが明かされる。知りたかったことが。

令毅にも緊張が伝染する。

深夜の聖堂に、二人で入った。

令毅はランプ片手に伊沢を聖堂内に導き、身廊《しんろう》の脇にある告解室へと導いた。

聖堂内は冷蔵庫の中のように冷え切って、イルミネーションの薄明かりしかない。

息を吐くと真っ白に染まった。

令毅は告解室のドアを開きながら、横に立つ伊沢を見上げた。

「寒く……ないか」

暖房をつける必要があるか、尋ねるつもりだった。聖堂全体はなかなか温まらない。告解がどれくらいの長さかわからないが、きっと温まり始めたころに終わりそうな気がした。

伊沢は無言でコートを脱いで、令毅に差し出す。

「着ろよ」

令毅はローマンカラーの神父服姿だ。伊沢が告解するということに頭がいっぱいになっていて、上着を持ってくることを忘れていたのだ。

「着ろ。――俺は少しも寒くない」

伊沢は強引に、令毅の胸元にコートを押しつけた。ここで拒んでも、伊沢はへそを曲げて、より意固地になるだけだろう。令毅は好意を受け取ることにした。

大きなコートにすっぽり身体を包みこまれると、伊沢のぬくもりが伝わる。

しかし、伊沢の横顔は張り詰めた糸のように強ばっていて、胸騒ぎを掻きたてた。

――いったい、何を告解するというのだろうか。

ハッピーエンドが待っている気がしない。善意の悪戯の正体がばれた、というような甘やかさは、伊沢からは感じられないからだ。

自暴自棄に似た荒《すさ》んだ空気をまとっている。

令毅は、伊沢から目を離せなくなっていた。

鼓動が、少しずつ早くなっている。

知りたいのに、知りたくない。

伊沢の告解を聴いてしまったら、もう元の関係には戻れなくなるかもしれない。そんな不吉な予感がしてたまらなかった。伊沢との関係は終わり、二度と会えなくなる不安すらある。

それでも、告解を拒むことはできなかった。真実を知りたかった。

令毅はコートの前をかき合わせ、木の格子で区切られたそれぞれのブースに入る前に伊沢に蝋燭立てを差し出した。

「これを。……持っていけ」

かすかに手が触れただけで、ぞくっと戦慄が走りそうなぐらい、伊沢を意識していた。

そんな自分にとまどいながら、令毅はブースに入る。

中に入ってドアを閉じると、伊沢の姿はうっすらとしか見えない。

狭いテーブルに置いた蝋燭が揺らめいているのが、格子越しにわかった。

この格子越しの風景のように、伊沢の心はわかりにくい。

それでも、聞かずにはいられない。

伊沢の中にある屈託の理由を知りたい。

令毅は格子の向こうに向かって、言葉を投げかけた。

「では、始めましょう。……どこからでもいいです。話しやすいところから、話してみてください」

令毅は神父というよりも、一人の人間に戻っていた。

弱くてもろい、ただの人間に。


伊沢はしばらく無言だった。

タバコの煙を吐き出すのに似た長いため息が聞こえた後、淡々と口を開く。

「昔、俺はとんでもないあやまちを一つ犯した。……ヤクザの企業舎弟の一員で、ろくでもない金融屋をしてたんだけどな。人に金を貸して、十日で一割とかいうような闇金だよ。そこに、金を借りに来た男がいた。あっちこっちから金を借りて、会社はパンクする寸前で、会社も家も競売にかけられる手はずが整ってた。がんじがらめで瀕死《ひんし》の状態だ。とっくにつぶれてても不思議じゃない状態だったのに、そいつは取引先に迷惑をかけまいと、懸命に金策に駆け回ってた。俺に土下座して、何とか都合してくださいと懇願を繰り返した」

その男の話と令毅に、何の関係があるのだろうか。

胸騒ぎが大きくなっていく。

令毅は無言でその続きを待った。

「――俺はもう無理だって言った。てめえに貸せる金はない。やり直しはいつでもできる。とっとと腹をくってパンクしろとそそのかした。しかし、それはできないとそいつは言った。……仕方なく金を貸し、ある日、訪ねて行ったら、そいつらは首をくってた。妻と二人でな。足元で、子供が泣き叫んでた」

伊沢は一呼吸置いて言う。

「その子供がてめえで、俺が金を貸した相手が、てめえの父親だよ」

「……っ」

思いがけない告白に、令毅は顔から血の気が引いていくのがわかった。

まだ実感がわかない。自分の親の話なのに他人事のように聞こえる。感情まで麻痺《まひ》していた。

何も考えられない。伊沢が令毅の過去とそのようにからんでいるなんて、考えたこともなかった。

呆然としながら、令毅は震える声で聞き返す。

「つまり、……あなたが追いこんだせいで、……私の両親は自殺した、と？」

ガチガチと、何かが鳴っている音が聞こえた。耳障りなその音が、自分の口腔内から聞こえるということすらしばらくわからないほど、令毅は放心していた。

全身が凍えていた。

寒いという実感はないのに、歯の震えが止まらない。ようやくじわじわと冷気が背筋を走り、全身が小刻みに震えてきた。生きたまま凍りついていくような気がした。

――両親は、伊沢に殺された。

まだ実感がわかない。

何も考えられない。

この寒気を何とかしようと、令毅は無意識にコートをかき合わせて身体を丸める。それでも少しも温かくならないのは、コートが伊沢のものだからなのだろうか。敵である人間のコートでは、令毅はぬくもることができないのか。

現実感が完全に失せていた。

違うと言って欲しかった。令毅の両親が自殺したのは、伊沢のせいではないと。他にもたくさん要因がある。伊沢はその要因の一つでしかない。そのはずだ。

なのに、伊沢は何一つ言い訳をしなかった。

それどころか、一縷《いちる》の望みにすがりつこうとする令毅に、残酷な言葉を投げかける。

「そうだ。俺が金を貸したから、てめえの両親は首をくくった」

心臓が胸を突き破りそうに打ち、息がのどに詰まった。

呼吸がろくにできなくなる。

——どうして……っ！

自失していた中で、まず最初に感じたのは憎しみだった。

——どうして、そんなことを私に言うんだ……！

伊沢は令毅に自分を憎ませたいのだろうか。

受け止めきれない衝撃のあまり、殺意に似た怒りが、令毅の中でふくれあがる。ここまで、誰かに憎しみを抱くのは初めてだった。目の前が血の色に染まりそうになる。

歯の震えは収まった代わりに、ひどく乱れた呼吸の音が令毅の口から漏れた。

乱れ打つ心臓が壊れそうで、令毅は胸元をぎゅっとつかむ。

「……っ、それが、告解の内容か」

「そうだ。あと一つ、付け足しておこう。俺はその死体を見つけても通報せず、親の死体のそばで泣きじゃくってたおまえの手を引いて、この教会に捨てた」

「どうして、……教会に？」

「捨てるにはちょうどいい場所だろ。昔から、捨てるのは教会と決まってる」

伊沢の答えに、令毅は目の前が暗くなるほどの衝撃を覚えた。

令毅の人生はすべて、伊沢の手のひらに握られていたのだろうか。痛みと苦しみだけならまだしも、喜びまで伊沢にもてあそばれたことが許せなかった。片恋に似た篤志家への感情すら、今の告白によってめちゃくちゃに踏みにじられた気がする。

胸が張り裂けそうな悲しさと憤《いきどお》りで、言葉すら出てこない。

「……っ」

「どうする？　俺を赦すか、神父さま」

あざけりに満ちた、挑発的な伊沢の声が響いた。

——赦せない……！

歯を食いしばる。絶望にめまいがした。

どうにかして、この男を苦しめてやりたい。この苦しさと悔しさを、この男にたたき返してやりたい。

そんなやるせなさがつのる。

ひたすら苦しくて、悔しい。この思いを吐き出したくて、叫び出しそうになる。

しかし、令毅は神父だった。

たとえ殺人を犯した犯人でも、悔い改めれば赦す。神の前で罪を清算できる。

その意識が、令毅を縛りつける。告解室にいるかぎり、神父でなければならない。

個人としての令毅は伊沢を赦せなくても、神父としての令毅は伊沢を赦さなくてはならないのだ。

震える声で、令毅は告げた。

「悔い改めれば、すべての罪は赦されます。心から悔いていれば」

「悔いている。……片時も忘れたことなどない」

伊沢の返事に、令毅は組んだ指が白くなるほど力をこめた。

――悔いているのなら。

赦さなくてはならない。

令毅はやりきれない苦痛の中で、神父としての声を押し出す。

「ならば、悔悛の祈りを捧げましょう」

「ふざけるな……！」

伊沢が怒鳴ったのは、そのときだった。

「おまえは俺のことなど赦してはいない。憎んでいるくせに……！」

伊沢は告解室の間を区切る木の格子越しに鋭く声を放ってきた。

「神父だからって、いい子にふるまうんじゃない！　本音を見せろ！　俺のことを憎んでいると言ってみろ！」

苦しげに叫ぶ。

伊沢が告解をしたのは罪を赦されるためではなく、さらに断罪されたかったのだと、そのときようやく、令毅は理解した。

伊沢が告解室の間を区切る木の格子を、力ずくで打ち壊し、横にどかしてから、令毅の胸元をわしづかみにして締めあげた。

「ほら。俺のことが大嫌いだと言ってみろ！」

憤りを全身ににじませた伊沢は、何故か泣き出しそうに見えた。どうにもならない重荷を抱えて、途方に暮れているような。しかし、令毅の方にも余裕はなかった。怒りに身体を震わせながらたたきつけた。

「大嫌いだ！」

伊沢よりも、怒るのは令毅のほうだろう。令毅が親を失い、教会に捨てられた原因が伊沢にあるというのだ。今までずっと抑えこんできた悲しみや苦しみが爆発しそうになる。

伊沢が言えというのなら、いくらでも言ってやる。

「――大嫌いだ、おまえなんて！　私の大切なものをすべて奪って、……奪い去って、その上、何が不満なんだ……！」

伊沢があざけるように笑った。

「不満なんてない。てめえのそんな顔が見られて満足だ」

その言葉を聞いた途端、令毅は全身を突き抜ける怒りに支配され、拳で思いきり伊沢の頬を殴っていた。人をこのように拳で殴るのなど初めてだった。

伊沢は軽く頬を押さえたが、すぐに手を離して令毅をそそのかす。

「どうした？　ちっとも効かないな、神父さま」

令毅の瞳は怒りに見開かれ、拳がぐっと握られた。

一発殴っただけで、拳がずきずき痛んでいる。

令毅は渾身の力をこめて、怒鳴った。

「……出てけ！　おまえとは二度と会いたくない！」

伊沢はその声に、嗤《わら》った。

楽しげに向けてくる伊沢の瞳は、狂気に似た光を宿しているように見えた。

何もかもぶち壊したことを、愉しんでいるようだ。

「そうはいかない。まだ借金が返し終わってない」

伊沢の目的が、まったくわからなくなっていた。

混乱のあまり、令毅はぶちまけた。

「おまえは柄井とは関係ないんだろ。柄井の子分でもなんでもないくせに、なんで口を挟んでくるんだ！」

「てめえが誤解しただけだ。俺は柄井の子分だなんて、一言も言ってない」

伊沢は楽しげに笑うと、小さなテーブルから落ちかけていた蝋燭の炎を吹き消した。告解室内は、外から漏れるランプの明かりしかなくなる。

薄闇の中で、伊沢の声だけが聞こえた。

「賭《かけ》をしようか」

「賭？」

「明日のクリスマスで終わりにしてやる。賭に勝てたら、借金の不足分の二百万は全額俺が払う。悪くないだろ」

ろくでもない賭のような気がする。

それでも、その賭を受け入れる気持ちになったのは、令毅が追いつめられていたからだ。伊沢は親の敵だというのに、伊沢のことを考えるだけで、胸が痛くなる。このぐちゃぐちゃした関係を、終わりにしてしまいたい。何もかも投げ出したい。

絶望が、令毅を混乱させていた。

伊沢に抱いていた甘い思いを否定され、心の中で何かが音を立てて崩れていくのがわかる。

自分がただの抜け殻になった気がした。

——元々、かなうはずもない思いなのだ。

令毅は神父なのだから。いったい自分は何を期待していたのだろうか。

「——そうしたら、すべて終わりになるか？」

力なく、令毅は尋ねた。

「てめえが勝ったらな」

伊沢の指が、令毅の頬にかかる。

端正な顔が薄闇の中で近づいてきた。令毅は身体を強ばらせながらも、その口づけを受ける。

口づけは甘かった。何もかも忘れさせるほどに。令毅のすべてを奪い壊した相手に無理やりキスされているというのに、唇の感触が心地よくておぼれてしまいそうになる。

もっと吐き気や嫌悪感が感じられればいい。なのに、どうして苦痛だけではないのだろうか。

泣き出したいような気分になった。

これ以上伊沢とは関わりたくない。関われば関わるほど、底なし沼に沈んでいくような不安に襲われる。

逃れたい。

それでも、この男の呪縛から逃れられずにいるのだ。

どこか、見放された子供のような孤独を漂わせる伊沢から。

〔八〕

——どうして俺は、こんなに最低なんだろう。

伊沢はため息ながらに思う。

ただ、令毅の両親のことを隠していることにはこれ以上耐えられなかっただけだ。ぶちまけたら、令毅とはおしまいになると知りつつも、隠し通すことはできなかった。

——元々、うまくいくはずはないとわかっていたのに。

それでも、令毅に近づかずにはいられなかった。近づいたら、その肌に触れずにはいられなくなった。その間違いが正されようとしているだけだ。

近づいてはいけない相手だと、恋などしてはいけない相手だと思い知らされるだけの結果に終わるのだ。

そして今日、何もかも終わりにしようとしていた。

クリスマスの日だった。最初から、令毅が期限としていたその日、伊沢は聖堂でのクリスマスミサに信徒に混じって参列していた。

神の代理人として、神々しいばかりのまばゆさを放っている令毅は、今日ばかりは普段と違って見えた。

──アレのせい。

伊沢が、ミサの前に令毅の体内に仕込んだ異物のせいだ。

それが体内の感じやすい部分を搔き回すたびに、令毅は熱っぽく頰を上気させ、目を潤ませているようだった。つらそうで、いつもよりも声に張りがない。

それでも懸命に務めているらしいが、令毅の発する艶っぽさは少しずつ信徒たちの注意を引きつつあった。

このままでは信徒に気づかれる。

──しっかりしろ。

歪んだ笑みを、伊沢は令毅に送る。

知られたら、困るのは令毅だ。

たまらない息苦しさとやるせなさがこみあげてきて、伊沢は強く拳をにぎりしめる。

こんな状態の令毅を他人の目にさらすことに、嫉妬のような苦しさを感じる。

神父としてあるまじき淫行が信徒たちに知れたら、令毅は自分のものになるのだろうか。

何もかも令毅の前でぶちまけて、後は絶望しか残ってないというのに、自分は何をまだ望んでいるのだろう。

「……っ」

どうしても立ち続けることができずに、令毅はそっと椅子に腰掛けた。

その途端、体内に入っていた異物からの振動が大きく感じられて、声を上げそうになった。それでも懸命に歯を食いしばり、全ての意地にかけて何気ないふりを身にまとう。

朗読台では、信徒による聖句の朗読が始まっていた。このあと、聖歌を挟んで神父による説教が始まる。まだ始まったばかりだ。惚《ほう》けていてはいけない。

――できるだろうか、最後まで。

不安がよぎる。

神聖なるミサの最中、こんなふうに体内から延々と責められることなど、令毅は体験したことがなかった。

朗々と聖句が詠まれる以外は静まりかえった聖堂の中で、音が漏れ出さないように身体に力がこもる。

その振動に耐えようとしているだけで、全身にうっすらと汗をかいた。

『賭だ』

伊沢が令毅に異物をゆっくりねじこみながら、ささやいた言葉を思い出す。

いった。

『ミサの最中に、最後までイかなかったら、教会の不足分はすべて払ってやる』

異物を入れられるのに慣れていない襞は少し痛みを覚えたが、しっかりとくわえ込んで

『イったときにはてめえはここを引き払い、俺のものになれ』

そのささやきが、今も耳元から離れない。

まなざしの先に、伊沢の姿が見えた。

低くうなるモーター音が、やはり体内から漏れている。令毅が必死でこらえようとすればするほど、伊沢はスイッチの強弱をいじって、その様子を楽しんでいるように思えた。

――最低だ。

負けてはならない。伊沢は令毅から何もかも奪おうとしている。

教会や神聖なる仕事さえも。

強気に伊沢をにらみつけた瞬間、いきなり体内の異物の振動が強くなった。

「……っ！」

令毅は狼狽して、身体を強ばらせる。抱えていた聖書を取り落としそうになった。

痛みに似たほどの熱さが全身に広がるのと同時に、切なく甘い痺れが身体の芯《しん》を熱くうずかせていく。

甘い刺激が、腰全体に広がっていた。

体内からの振動に、令毅は心を奪われていた。

中から力を抜くことができないのは、異物が令毅のひどく感じるところの近くまで移動してきているからだ。

呼吸が乱れ始める。さっきからひどくうずいてしょうがない部分に異物が触れたら、おそらく令毅はこの快感に耐えられなくなるだろう。それが怖かった。体内に埋めこまれて刺激される苦しさに、もう限界が近いのだ。

聖歌が終わる。

令毅はゆっくりと立ち上がって、説教台に向かった。

歩くたびに、角度が少しずつ変わる異物が、腰に鮮烈な衝撃を走らせる。

頬が紅潮し、唇が甘い声を漏らしそうになる。それでも、平然とふるまうしかなかった。

普段よりも何十倍にも感じられる説教台への距離を歩き、令毅はそこから信徒席を見回して、ゆっくりと息を吸いこんだ。

「十字架の上でイエスが死んでいこうとしたとき、父である神の沈黙に対して……『我が神、我が神、どうして私をお見捨てになったのですか』と叫びました。今日は、そのときの気持ちについて、考えてみようと思います」

声はかすれ、首筋や背にべっとりと汗をかいていた。

しゃべりながら、令毅のまなざしは伊沢のほうへと挑戦的に向けられる。照明で照らし出される令毅のほうからは、伊沢の姿は陰になって見えにくい。令毅のこのような姿を見ながら、彼が何を考えているのか、読み取ることはできなかった。

「このときの言葉は、イエスの弱さを示していると、私は考えます。イエスは人だったのです。神を信じて生きてきたイエスは、このときに神を見失い、絶望の中で死を迎えられます。しかし、こうした苦しい状況の中にあっても、結局は神を求められる。……ここに、信仰の真の姿があると、…究極の姿が……」

体内の振動が、さらに強くなっていく。ぐるぐると中で回転しているような気がする。

説教台に、令毅は両手をついた。とうとう身体が支えられなくなっていた。

快楽に顔をゆがめながら、令毅はすがるものもなく視線を宙にさまよわせる。

――耐える力を……。

このミサが終わるまで、平然とふるまえるだけの力が欲しい。

照明で照らされた令毅を、普段よりもずっと多い信徒たちが見守っていた。大勢のひたむきな視線を全身に感じる。

令毅は大きく息を吸いこみ、何とか落ち着こうとした。

なのに、膝が震える。呼吸すらまともにできない。

これほど高ぶった身体には、信徒たちの注視ですらブレーキとならなかった。

棒立ちになった令毅に、少しずつざわめきが聖堂内に広がっていくような気がした。

令毅の身体に起きている異変は、信徒たちに見抜かれているのだろうか。

「……信仰とは……」

令毅は必死でしゃべろうとする。

そのとき、体内から電撃のような衝動が走った気がした。最強にスイッチが切り替えられたのだ。

頭の中が真っ白になる。言葉が継げなくなる。

強烈すぎる快感が、背筋を駆け上がった。

ビクビクッとしなやかな身体が痙攣して、令毅は一瞬で昇り詰めた。

「……っ……！」

――賭に。

負けた。

そして、自分はミサの最中に主を冒涜した。

そのことが瞬時に頭を駆けめぐり、それから目の前が黒く塗りつぶされた。


令毅が説教台で倒れた途端、何人もの信徒たちがあわてたように駆けつけていくのが、伊沢の目に大きく映った。

「令毅さま！」

「神父さま！」

「毛布！　タンカ持ってきて」

——これで終わりだ。

冷笑するような気持ちで、伊沢は信徒たちを見守る。

ミサの最中に異物を仕込まれて絶頂に達するような神父など、彼らは見捨てるに違いない。

しかし、ぐったりとした神父の身体を取り囲みながら、信徒たちは心から令毅を心配しているように見えた。令毅が淫らなことをされて倒れたという可能性など、まったく考えてもいないようだ。ひたむきな愛情しか感じられない。

——バカ、な……。


信徒たちの表情や動きに、侮蔑は一切ないと読み取ったとき、伊沢はショックを受けた。それでも身じろぎせずに事態を見守る。自分の認識違いかもしれないと思ったからだ。

令毅の身体は毛布ですっぽりと包みこまれる。救急車が必要かと、心配そうに携帯電話を握りしめる信徒たちの前で、令毅が真っ赤な顔で身じろいで目を開いた。その途端、令毅の身体にすがりついて安堵の涙を流す年配の信徒もいた。


——俺の負け、か。


そのとき、ハッキリわかった。

令毅には、彼を慕う大勢の信徒がいる。伊沢が奪っていい存在ではないのだ。冒涜しても、それは何の意味も持たない。そのことが、痛いほど胸に染みる。

脳天を打ち抜かれたようなショックと同時に、自分が心得違いをしていたことを思い知らされた。

伊沢は無言で聖堂を出て行く。振り返ることもしなかった。

聖堂の入り口にある献金箱に、用意してあった分厚い封筒を叩《たた》きこみ、聖堂を離れていく。


——令毅は俺のものにはならない。

令毅は信徒たちに、温かく包みこまれていた。

令毅の居場所は、この教会だ。令毅を慕う大勢の信徒がここにはいる。そのことを思い知らされる。

いくら奪い取ろうとしたところで、無駄なだけだ。

昔から、いつもそうだ。伊沢が欲しいものほど手に入らない。温かかったり、柔らかかったりするほどそうだ。伊沢が手に入れられるのは、金で買えるものでしかない。

令毅を傷つけたかったわけではない。大切にしたかった。守りたかった。なのに、どうして自分は強引に奪い取ることしかできないのだろうか。

伊沢は教会の門のところで振り返った。

令毅をここに連れてきたのは、両親の遺体を発見したあと、その部屋に置いていくのがあまりにも不憫《ふびん》だったからだ。それに、警察に保護される前に他の組や、その息のかかった金融屋に見つかったら、どんな目に遭わされるかわからない。親戚もまったく当てにならないことは、令毅の父親から聞かされて知っていた。

——だけど、ここなら。

いつも前を通るたびに、聖歌と明るい笑い声が聞こえてきたこの教会なら、令毅は幸せになるような気がしたのだ。

そして、伊沢は令嬢を置いて去るとき、人生で初めて神様に祈った。

――どうか、この子が幸せに育ちますように。

自分のあやまちによって、不幸にしてしまった子供だ。この子供が伊沢のような人生を送らないように、渾身の願いをこめて祈った。

すべての力をこめて祭壇の前にひざまずいた。ヤクザである自分が引き取っても、まともに育てられる自信はなかった。この子は裏社会とは縁のないところで育つほうがいい。世俗と隔絶された教会で育てば、幸せになれるのではないだろうか。

それから、伊沢は死にものぐるいで働いた。盃《さかずき》を返し、非合法なことは一切行わないようにした。簡単に足を洗えたわけではない。そんな伊沢を兄貴分はののしり、知り合いは嗤ったが、じきに暴対法という規制が敷かれ、彼らも伊沢のように法の枠内で動くことを余儀《よぎ》なくされた。

伊沢エステートという会社を興し、今はカタギになっている。そんな伊沢の生き方に同調してやってきた人間を社員として雇い、更正させている。元ヤクザの駆け込み寺のようなものだ。

――でも、結局俺は、変わっちゃいねえということか。

足を洗ったのはあやまちを繰り返したくなかったし、令嬢のように不幸な子供をこれ以上作りたくなかったからだ。そしていつか、あの子を迎えに行けたらいいと思っていた。自分の出る幕ではないことを知りながら、前の神父の死の知らせを聞いて、駆けつけずにはいられなかった。しかし、その結果がこれだ。伊沢は何よりも大切なものを、傷つけることしかできずにいる。

――愛し方がわからない。

奪うことしか知らない。大切にするには、どうしたらいいのかわからない。誰も伊沢には教えてくれなかった。伊沢は母には捨てられ、父には殴られて育ってきたから、愛情の示し方がわからずにいるのだ。遠くから、ただ金や物を贈ることしかできない。

もう伊沢は手を引いたほうがいいのだろう。そう思う。令毅の幸せを思うのなら、間違った執着は捨てて、自由にさせるべきだ。

伊沢は長く息を吐き出す。悔しくて涙がにじみそうだった。決意をしたというのに、それでも心残りがあった。

冬の空はまぶしい。

まぶしすぎて、目が開けていられない。

それでも自分が信徒たちの輪の中には入っていけないと思い知らされた以上、あきらめるしかないのだ。令毅を取り囲んだ、温かい思いやりの輪の中から伊沢ははみ出している。

た。

大切なものを失った喪失感に歯を食いしばりながら、伊沢は教会に背を向けて歩き出した。

——賭は俺の負けだ。

クリスマスの翌日、令毅が献金箱を開けると、紙幣や小銭に混じって分厚い封筒が入れられていた。開けると、百万円の束が二つ出てくる。

——伊沢だ。

これを入れたのは、伊沢以外に考えられなかった。

何のための金かも、おぼろげにわかる。

しかし、賭は令毅が負けた。なのに、どうして金が入っているのだろうか。

——わけわからない。あいつ、むちゃくちゃ。

令毅は呆然としながら、献金箱の前にたたずむ。

ミサの最中に倒れた令毅を気遣って、さきほどまで信徒の方々が司祭館に泊まりこんでくれた。ミサをめちゃくちゃにしてしまったのに、そのことをとがめられることはなかった。倒れた理由についても、借金を背負ってから、令毅は昼夜問わず無理を重ねてきたから、その過労のせいだと思われたらしい。

ひどく優しく、温かく看病してもらった。

令毅はこっそり体内にいれられたものを抜き取り、それから昏々《こんこん》と寝た。実際に疲労がかなりたまっていたのだろう。夢も見ない深い眠りに落ちていた。

目が覚め、信徒の人が作ってくれた温かい食事を一緒にして、その人たちを送り出してから、令毅は一人で聖堂に来たのだ。そして、これを発見した。

いったい、どう解釈すればいいのだろうか。

――何で？　何を考えているんだ、伊沢は。

答えが見いだせないでいる令毅の耳に、重機の音が響いてきた。

古ぼけた聖堂の床まで揺らすような、重みのある地響きだ。何があるのかと聖堂から出ると、前に聖堂を壊そうとしたものよりもずっと大きなパワーショベルが教会の庭に入りこんでくるところだった。

――何だよ、これは……！

令毅は焦って飛び出す。

賭に負けたら教会をつぶすと伊沢は言っていた。そのために差し向けられたパワーショベルかと、不安と焦燥が背筋を這い上がる。

『イったときにはてめえはここを引き払い、俺のものになれ』

伊沢の声が、耳元でよみがえった。

それでも、令毅はこの教会をつぶすわけにはいかなかった。信徒の人々の温かさが胸に残っている。

全身の血が熱く沸騰する。

「責任者は誰ですか！」

令毅は大声で重機に向かって叫んだ。

重機は中庭で行儀よく停止した。

キャタピラが停まるとすぐに、令毅に向けて教会の門のあたりから太い声が投げかけられた。

「この教会の神父さんは、あなたですか」

作業服姿の男が、令毅に礼儀正しく挨拶をして、名刺を差し出した。

「すみません、いきなりで。近くで工事がありまして、ここに置いておいてもいいですかね。こちらの補修工事を承っております。まずは、ご希望を何なりとお聞かせください」

——補修工事？

「え、……あの……っ、私どもでそのような工事を頼んだ覚えはありませんが」

工務店の現場責任者と名乗った男は、にこやかに微笑んだ。

「ご要望にはなんでもお答えしろ、ということで、とある方から緊急にご依頼を受けております。料金はすべてそちらに請求という形ですので、経費のことは気にせず、ご希望をなんでもかなえてさしあげろ、との話です」

「そのとある方というのは、どなたですか」

日に焼けた男性は、食えない笑顔になった。

「お答えできません」

――伊沢だ。

令殺にはすぐにわかった。伊沢でしかあり得ない。

これはいったい何なのだろうか。混乱ばかりがつのる。教会を救う金を献金箱にたたきこんだのみならず、補修工事のための人まで差し向けるというのは。

至れり尽くせりすぎて、気持ちが悪い。

素直に好意を受け取るなどできるはずがなかった。

ぼんやりと、これが伊沢流の決着のつけかたなんだな、とはわかった。しかし、普段しなれていないことをするとちぐはぐになるように、伊沢の行動も支離滅裂で意図が読み取れない。

令嬢は工務店の人とはまた今度打ち合わせをすることにして、教会から出て坂を下った。鞄の中に、封筒に入った札束を入れてあった。

向かうは、駅前の伊沢エステートタワーだ。じっとしていられなかった。伊沢がいったいどこに住んでいるのかなど知らないが、そこに行けば伊沢に会える気がした。

――直接、問いただしたい。

ハッキリさせずにはいられない。この金や補修工事というのは、いったい何なのか。素直に好意だと受け止めることはできない。

今までの伊沢の行動が、あまりにもあまりだったからだ。

深いため息を一つついて、伊沢はスーツケースを手に自宅の玄関を施錠《せじょう》した。

伊沢エステートタワーから少し離れた、瀟洒《しょうしゃ》な一軒家だ。たまに家政婦に掃除させるだけで、気ままに一人、住んでいた。

玄関のすぐ脇にある駐車場のシャッターを開き、そこにある車の中のお気に入りの一台に、トランクを積みこむ。

もうしばらく、この街には戻らないつもりだった。

——旅にでも出よう。

伊沢エステートの仕事はあったが、そろそろ伊沢自らが舵《かじ》を取るのではなく、部下に分散して任せることを覚える時期だ。そのためには、しばらく姿を消すのはいい経験になる。家を飛び出してから、ひたすら働きづめだった伊沢にとって、長期の旅行に行くのは、初めての体験だった。

だけど、この街にはいられない。

伊沢エステートビルにいれば、窓から丘の上の教会の小さな十字架が見える。それを見れば、どうしても令毅を思い出してしまう。令毅への思いに、押しつぶされそうになる。

たぶん、これを傷心旅行と言うのだろう。

今までの自分とは、縁もゆかりもない言葉に、伊沢は一人で無様に笑ってしまいそうになる。

それでも今までの自分と関わりのなかった環境に身を浸し、過去をリセットしないことにはやりきれない。どうしようもなく胸に焼きついている令毅の面影を消すまでは、日本には戻らないと決めていた。

——あきらめろ。あきらめろ、あきらめろ。

伊沢は自分に言い聞かせる。

伊沢は愛する人を幸せにできない。愛しいあまりに愛情の表現の仕方を間違え、傷つけてばかりだ。

何よりこれ以上、令毅を傷つけることに伊沢自身が耐えきれないのだ。

――ずっと遠くへ行ってしまおう。一度行ったら、半端には帰れないところへ。

そうしないと、令毅の顔が見たくなるなり、地球の裏側にいてもすぐに飛行機に飛び乗って戻ってきてしまいそうだ。

――遠くへ。

伊沢が消える前に、最後に送りつけたお詫《わ》びの印を、令毅は受け取ってくれただろうか。

令毅が大切に守る教会は、補修なしではいつ崩れるかわからない状態だった。だから、その道で最高の腕を誇る工務店にリフォームを依頼しておいたのだ。

どんな形でも、令毅の望むがままにあの教会を直せばいい。

教会の周囲の土地はすべて、伊沢エステートが買い占めた。こうして周囲をがっちり固めておけば、教会の情報は入りやすくなるし、教会の土地云々《うんぬん》という話も成立しにくくなるだろう。

上部団体を通じて、篠崎希望教会に定期的な寄付金が渡るように手配もした。もう今後、令毅が教会の運営費のことで苦労することはないはずだ。あとは令毅が好きなだけ、神父として勤めればいい。

――金でしか俺は、助けることはできないけどな。

他に方法を知らない。だけど、金があれば避けられるトラブルもある。今回、令毅が巻きこまれた件が最たるものだ。

軽く息をつき、伊沢は車のトランクを閉じる。

胸が重い。

今すぐにでも教会に戻って令毅を強奪し、地球の裏まで連れ去りたい。

他に知っている者のいないリゾートで、令毅が身も心も伊沢のものになるまで二人きりで暮らす。

――大切にするから。

もう泣かせはしない。お姫様のように何不自由なく甘やかす。朝から晩まで、愛しているとささやいてもいい。出来ない夢想はどうしてこれほどまでに甘いのか。しかし、もう何もかも遅いのだろう。

埒《らち》もない想像を伊沢は頭から追い出した。

運転席に向かおうと振り返ったとき、伊沢はあまりの驚きに目を見開き、息を呑んだ。

「……令毅」

令毅がこの家を知るはずがない。

そう思うのに、肩で息をしながら、鋭い目で伊沢をにらみつけているのは、令毅でしかなかった。

「──どこにいくつもりだ」

全力で走ってきたのか、息が乱れ、今にも倒れそうなそぶりに見えた。それでも声は凛《りん》と響く。

もう二度と会うことはないと決めていた相手の顔を間近にして、伊沢はぼうっと見とれそうになる。

これは夢かもしれないと思った。

「もうてめえの前には、金輪際《こんりんざい》現れないつもりだから、安心しろよ」

──奇跡の邂逅《かいこう》。

そんな大げさなものではないかもしれないとしても、伊沢にとってこれは奇跡だった。

そっけないそぶりを装いながらも、令毅の姿を焼きつけようとしているみたいに目でじっと追ってしまう。

「なんでだよ！」

令毅が叫んだ。

身体の脇でぎゅっと拳を握り、怒りながらももどかしさに言葉を探しているように見えた。

どうして令毅はここに現れたのだろうか、伊沢の前に。何故、そんな怖い顔をして伊沢をにらみつけるのか。

伊沢はコートのジャケットを探る。

白い息を吐いている令毅の姿が寒そうで、空咳《ぜき》をする令毅に何か飲ませてやりたくなる。本当は甘やかしたい。数年戻らないつもりだった自宅に招き入れたくて、鍵を指先でもてあそぶ。

しかし、意地を張って鍵の代わりにタバコを取り出し、くわえて火をつけた。煙を吐き出しながら、車に軽く手を添えて、尋ねてみる。

「──どうして、ここに？」

「柄井に聞いてきた。駅前の高層ビルに押しかけたんだけど、血相が変わってたのかガラの悪い社員にカシラの住所は教えられないってつっぱねられて。──それで、柄井のところで教えてもらったんだ。借金も、全部返してきた。そして、……伊沢の昔のことを、いろいろ聞いた」

「え？」

伊沢は不愉快そうに眉を寄せる。

——俺の昔、だと？

どういうことだろうか。

嫌な予感がした。

ずっと業界ににらみを効かせていた伊沢の過去を知るものは、大勢いる。亡霊からは逃れられない。思い出したくもない過去の積み重ねで、伊沢は出来ている。

伊沢はポケットに入れた鍵を、もう一度指先でなぞった。ちゃり、と音がした。取り出して、指先でもてあそぶ。それから、令毅に尋ねた。

「そうか。——中に入るか」

家を指して尋ねる。何がこれから暴かれるのだとしても、ここで逃げるのは卑怯な気がした。

令毅が決着をつけようというのなら、それでいい。受けて立たなければならないだろう。

令毅はうなずいた。

「入る。……おまえと、改めて話がしたい」

伊沢の自宅というのは、思っていたよりも上品で瀟洒な一戸建てだった。

もっと悪趣味で成金的な住まいを、令毅は想像していた。自分にはまったく伊沢の内面が見えてなかったのだと、今さらながらに反省がこみあげてくる。

伊沢は整然としたリビングに令毅を通し、ミネラルウォーターを運んできた。

「飲め」

とだけ言って、向かいのソファに深々と身体を埋めた。

教会から駅前の伊沢エステートタワーへ。それから、柄井のオフィスへ、最後に伊沢の家へ。

ずっと、気が急《せ》いて走っていた。真冬だというのに汗ばみ、のどがからからに渇いているのに気づく。出された水はありがたくて、令毅はペットボトルを口に運ぶ。

令毅はのどが弱いのだ。すぐに声がかすれ、咳が出てしまう。伊沢は無愛想でそっけなく見えるくせに、令毅に必要なものを見抜いてくれる。

何より、伊沢は令毅に毎年プレゼントをくれた篤志家と同一人物なのだ。

あの細やかに気配りがされたプレゼントの数々から、令毅は自分が愛されているのを感じ取っていた。伊沢は心の奥底では温かいものを持っているのだと知っている。

だから、令毅のほうも伊沢の口先に惑わされるのではなく、その奥の本心を読み取らなくてはいけないのだ。

――そう。今度こそちゃんと受け止めないと。

伊沢の告解を、令毅は聞いた。赦しを与える言葉を令毅は口にしたが、伊沢はそれを否定した。

だから、告解はまだ終わっていない。令毅は伊沢に赦しを与えたくてここに来た。

自分の中に吹きあれる思いに、決着をつけたかった。

「ありがとう」

水を飲み、落ち着いてから、令毅は伊沢を見つめて、口を開いた。

「柄井の古くからの友人に、おまえの昔の舎弟がいるんだって。その人から、いろいろ聞いた。伊沢は元ヤクザなんだってね。今はカタギって聞いたけど、服装や雰囲気のせいで、伊沢のことをいろいろ誤解してた」

令毅は伊沢を借金取りだと、ずっと誤解していたほどだったのだ。

伊沢はチラリと令毅を見て、ぶっきらぼうに答えた。

「てめえが誤解するのも、無理はねえよ。今は、どこに突き出されても埃《ほこり》一つ出ない身体のつもりだけどな」

「その舎弟って人を、柄井に大急ぎで呼び寄せてもらって、直接話を聞いたんだ。私の……両親のことについても」

いつになく血相を変えた令毅が押しかけていくと、大掃除をしていた柄井はダンボールを投げ出して、令毅のために動いてくれた。

教会の土地の件で令毅をはめた張本人だというのに、そこまでしてくれたのは、少しは良心の呵責《かしゃく》を覚えていたから、と思うのは甘いだろうか。単に伊沢に恩を売りたかっただけかもしれない。

そして、その人から聞いた話は、伊沢から聞いた話とは違っていた。

「私の両親は、おまえに殺されたんじゃない。おまえはむしろ、殺させないために奔走したんだ、と聞いた。複数の業者からの借金を一本化して、土地建物は手放すとしても、まともに返済計画を立てようとして」

今にも自殺しそうな両親を、伊沢は罵倒《ばとう》するように励まし、絶対に死ぬな、あきらめるな、と言い続けたのだと言う。

長年金融屋をやってて、伊沢さんほどおっかなくて、それでもまともで温かいヤクザはいなかったですよ、とその人は懐かしそうに語った。

『あの人はね、ひたすらがむしゃらなんです。どんなドロ沼の状況にあっても、気力さえ失わなければ立ち直れる。そういう信念の人でした。口だけではなくて、本人もたぶん、つらい思いをしてきたのでしょうね。だからこそ、あの人の励ましは強い力を持っていたんです。救われた人も、大勢いたでしょう。……しかし、誰でも伊沢さんほど強くはなれない。伊沢さんが別のトラブル対処のために二週間ほど目を離した隙に、……他の金融屋が無茶な取り立てを行い、その非道に耐えきれなくなったご両親は、自ら命を絶ちました。伊沢さんはそこに駆けつけ、俺のせいだ、とひどく気にしていたのです。いくら、あなたのせいではないと周りの者が言っても、伊沢さんは聞く耳を持ちませんでした。そして、その件がきっかけで、伊沢さんは足を洗ったんです。簡単ではなかったようです。組長や幹部に目をかけられていましたからね。恫喝に近い状態で引き留められたり、盃を返すようなら殺してやるとまで言われたんですよ。だけど、伊沢さんは最初の信念を貫きました』

――伊沢らしい。

彼の言葉によって、令毅の中で伊沢像が確立していく。

伊沢の告解を聞いてから、何かが噛み合わないような違和感があったからだ。

嘘は言っていないにしても、必要以上に自分を悪く見せているようなむず痒さがあった。

伊沢は悪になりきれない。ろくでなしを装っていても、芯のあたりはあきれるほどに頑固で、誠実なのだ。出会った人は、心のどこかで伊沢を慕っているようなところが感じられた。柄井や昔の舎弟や、伊沢エステートの社員も、伊沢のことを話すときには、どこか優しい目をする。

自分ももしかしたら、そうなのだろうか。

素直じゃない伊沢にあきれながらも、惹かれてならない。

――ストレートに表には出せないのだろうけど。伊沢があぁだから。

悪ぶって扱いにくいし、不機嫌なときにはその感情を隠そうともしないが、それすら令毅の目には、子供が拗《す》ねているように思える時もある。

愛の足りなかった子供は、面倒な大人になるのだ。

令毅にはそれがわかる。愛情が欲しいのに欲しくないふりをして、愛されたいのにわざと憎まれ役を買ってみせることもある。人の輪から遠ざかりながらも人一倍寂しがりやで、大人になればなおさら、意固地になって素直にふるまえなくなっていく。胸に大きな空白を抱えて。

令毅にはようやく、伊沢の心が見えてきたような気がした。

自分と伊沢の境遇は、少しだけ似ている。親の庇護《ひご》の元で育たなかった令毅には、伊沢の抱えている空白が理解できるような気がした。自分の抱えていた問題でいっぱいいっぱいになっていたが、ようやくふさがれていた目が開いて、目の前にいる人間をまっすぐ見つめられる。

肌を合わせれば、相手がどんな人だか少しずつわかってくる。身勝手なのか、優しいのか、相手のことをどれだけ大切に思っているのか。

しかし、伊沢は令毅の言葉に少しも揺らいだ様子を見せず、冷ややかに言い切った。

「過程が問題じゃない。俺は結局、てめえの親を死の淵《ふち》まで追いやった。俺が殺したのも同然だ」

伊沢からは、ためらいや言い逃れは一切感じられなかった。

伊沢は自分自身を許していないのかもしれない。

クリスマスイブの夜、伊沢が告解をしようとした理由が少し、わかったような気がした。

自分の罪を暴露して、赦されたかったのではない。

もっと令毅に、責められたかったのだ。おまえの罪は赦されないのだと、糾弾《きゅうだん》されたかったに違いない。一生、伊沢は令毅の両親の死を背負い続けるつもりなのだろう。だからこそ、令毅が罪の赦しの言葉を口にしたとき、伊沢は烈火のごとく怒った。自分を憎ませようとあおりたててきた。赦されることなど、望んではいなかったからだ。

そんな伊沢の思いが、令毅の心を揺さぶる。

赦されない罪を背負い続け、暗闇の中であがき続ける。そんな伊沢に、苦しいほどの強い感情がこみあげてきて、内側から令毅を突き破りそうになる。

——もういいから。

そう思う。

重荷をどうか、下ろして欲しい。

『——疲れた者、重荷を負う者は誰でも私のもとに来なさい。休ませてあげよう』

聖句の一節が、頭をよぎる。

伊沢を救いたかった。愛したかった。

今度こそ、伊沢に本当の赦しを与えたかった。

伊沢は罪を告白することで、令毅に自分を憎ませようとしてきたが、その悪役は伊沢には似合わない。

心から、伊沢を救いたいと思った。楽にしてあげたい。

令毅はすべての思いをこめて、告げた。

「あなたのせいじゃない。私はあなたを赦します。私の両親の死から、自由になって欲しい」

たぶん伊沢を救えるのは、自分だけだ。

伊沢に親を殺された子供であり、神父である令毅だけ。

自分が神父になったのは、このような導きのためではないかと不思議な感慨がこみあげてきた。

ここで伊沢を救えないのなら、神父になった意味がない。そうとまで思う。

令毅を残してどこかに消えてしまおうとすることは許さない。両親の死のつぐないをしたいというのなら、令毅のそばにいて、令毅の胸の空白を埋めればいい。

そう叫びたかった。

令毅は自分の心を見つめ直す。伊沢に抱かれるたびに、罪悪感とともに育っていった思い。もっと伊沢のことを理解して、伊沢のかけがえのない人になりたいという強い願望がこみあげてきて、押し流されそうになる。

この感情の正体から、目を背けたくなかった。

――好きなんだ。私は伊沢を。

伊沢の顔を見つめながら、心の中でそうつぶやいただけで、その甘さに溶け崩れそうになった。同時に、胸の痛みが増す。

伊沢は自分のことをどう思っているのだろうか。

単に見守る義務があるだけに過ぎないのか。令毅を抱いたのは、互いに傷つけ合い、血みどろの苦痛を背負うためだとでも言うのだろうか。

不幸の連鎖には、歯止めをかけなくてはいけない。令毅は今、伊沢が両親の死に関わったことを赦した。さらにもっと強く深く、伊沢を包みこみたい。愛しさがこみあげて、伊沢を抱きしめたくなる。

神父が持つには、ふさわしくない感情だということは、わかっていた。友愛以上の、セクシャルなものを含む性愛の感性であることを令毅は自覚していた。しかし、これは友愛だと、ごまかしたくない。伊沢への気持ちはあふれそうなギリギリまでこみあげて、令毅を押し流そうとする。

——告げても、いいだろうか。

令毅は自問した。

告げても、伊沢はどう反応するかわからなくて怖かった。しかし、言わないと伊沢はどこか遠くに行ってしまう。令毅を残して、消えてしまう。引き止める方法は、一つしか思いつかずにいるのだ。

——主よ。

令毅はぎゅっと、身体の前で組み合わせた指に力をこめた。

脳裏に、篠崎神父の顔が浮かぶ。

篠崎神父と、恋の話などしたことはない。篠崎神父は、こんな令毅を止めるだろうか。それとも、いつもと変わらない笑顔で祝福してくれるだろうか。

だけど、理性ではこの気持ちは止められそうにない。愛おしくて、離れたくないという気持ち。このまま伊沢が消えてしまうことに、令毅は耐えられない。伊沢は金輪際令毅の前には現れないと言った。家の中は荷造りしてあるし、その言葉は本気だろう。

この初めての恋を、失いたくなかった。

このまま別れたら、心に大きな空白を抱える。神父という立場を今だけは忘れて、一人の人間として伊沢に告げてみたいことがあった。

令毅は伊沢に強いまなざしを向けた。

「私のほうの告解も、聞いてもらえるか」

伊沢は無言で令毅を見つめ、うなずいた。

どこか少しだけ、解放されたように見えた。

令毅の赦しが、伊沢を楽にしたのかもしれない。そう思うと、胸の奥が切なくうずく。

令毅の告白は、伊沢をさらに幸せにするだろうか。それも困らせるだろうか。相手は伊沢だ。ひどく傷つけられそうな不安もある。

それでも思いをさらけ出さなくては告げなくては、伊沢は引き止められないとわかっていた。

令毅は伊沢を見つめる。整った顔立ちに、冷ややかで威圧的な眼差し。令毅が何を言っても、突き崩せないと思えるような、硬固な拒絶を感じさせる。

しかし、触れてみればその手は温かいのだ。令毅はその手の温もりをずっと探していた。手の感触を心に刻みこんでいた。また伊沢に手を取ってもらいたい。伊沢に置き去りにされてから、ずっとここで待っていたのだから。

令毅は勇気をふりしぼって口を開く。

「私を教会に捨てたあの人は……、待ってろ、って言ったんだ。いいか、ここで待ってろって。……だから、ずっと私は待ってた。いつか、その人が迎えに来てくれるんだと信じて。ずっとその人の手の温もりが忘れられなかった。おまえはまた私を残して、行ってしまうつもりなのか」

伊沢はハッとしたように、息を呑んだ。

「迎えに行ってもいいのか」

その言葉に、令毅はうなずく。自分の選択が間違っていないことがわかった。

伊沢を相手にするには、こちらから一歩歩み寄ればいい。そうすれば、かたくななドアは開く。令毅を中に招き入れてくれる。

「ずっと待ってた。……あのときの人が迎えに来てくれるのを」

この世で伊沢だけでいい。伊沢だけがいれば、令毅の中の空白は埋められる。ずっと探してきた、魂の半身に巡り会える。

「――好きだよ。おまえのことが。だから、私を残して行かないでほしい」

最後の言葉を口に出した途端、緊張と興奮に涙があふれて、止まらなくなった。


――好きだよ。

その言葉が、乾いた大地を潤す水のように、伊沢の身体に染みこんでいく。

信じられなかった。

令毅は、こんな自分でも赦してくれたのみならず、もっと大切なものまで捧げてくれたのだ。

両親を自殺へと導くようなことをしたし、令毅の身体も辱めた。

――それでも、好きだと。

あまりの感動に、全身に鳥肌が立った。

令毅のまなざしや声を、恵みの雨のように感じる。渇ききって餓《う》えていた伊沢の心を、急速に潤していく。

「——俺でも、……いいのか」

かすれた声で、呆然と伊沢は尋ねた。

令毅はかすれる声で、緊張したように答えてくれる。

「ああ。おまえがいい」

神父である令毅が、どれだけの勇気を振り絞って伝えてくれたのかは、緊張した綺麗な表情からわかった。

心の中を、かつて味わったことがないほどの感動が広がっていく。

好きだとか、愛してるなどという言葉を、今まで伊沢は少しも信じてはいなかった。嘘や欺瞞に過ぎないと嫌っていた。

なのに、令毅の口から漏れる愛の言葉は、かけがえのない宝石に感じられてならない。

愛の言葉が嫌いだったのは、単に本物に触れたことがなかったからだ。手に入れられなかったから、どうせそんなものはくだらないと拒絶してきた。そのことがようやくわかる。

あまりの驚きと感動に、令毅の顔がぼやけて見えなくなりそうだった。

——いいのだろうか。

伊沢の中で当惑がふくれあがっていく。

自分は、令毅を幸せにできるのだろうか。恐怖に似た思いが、伊沢の胸を突き破りそうになって、身じろぎ一つできなくなる。まなざしが泳ぐ。

これ以上、令毅を傷つけたくなかった。

告げたいことも告げられず、思いとは裏腹な言葉ばかりを口走って、令毅の顔を曇らせたくなかった。

それでも、令毅を離したくない思いは強い。

狂おしいほどの思いがこみあげてくる。

その細い肩を抱きしめたい。本当は、離れたくないのだ。遠くになど行きたくない。ずっと、令毅と生きていきたい。

今まで、素直な言葉をどれだけ相手に伝えたいと思ったかわからない。しかしいつも過剰に身構えて失敗してきた。

それでも、今度こそ間違えたくなかった。令毅がここまで、心をあずけてくれたのだから。

ひたむきに伊沢を見つめる令毅に、すべての勇気を出して告白し返すことにした。

しかしやたらと緊張する。今まで、さんざん修羅場《しゅらば》をくぐってきた伊沢だが、告白というのがこんなにも大変なものだとは知らなかった。汗が流れる。

「おまえを、失いたくない」

まずはそう言ってみた。

口の中がカラカラだった。

狼狽しながら、伊沢は、令毅を見つめる。令毅はまっすぐに伊沢を見ていた。その顔を微笑ませたくて、もう一言告げようとする。

いろいろな言葉が頭をかすめるが、一番純粋な思いはたった一つだけだ。

「側《そば》にいてくれ」

幼い日に置き去りにした令毅の手を取りたかった。

遠回りしてきた気がする。それでも、今度こそ失いたくなかった。

声が震えて令毅の姿がぼやけた。

ふと頬をぬぐって、濡れていることに驚く。

それくらい自分は、令毅のことが好きなんだと思い知る。枯れていた涙を流すほどに。

それくらい令毅の存在は、伊沢にとってかけがえがないものなんだと思い知らされる。

伊沢の涙を眺め、令毅は綺麗に微笑んだ。

「――ええ。側にいます。いさせてください」

聞いただけで鳥肌が立ちそうになった。

伊沢は席を立ち、令毅を抱き寄せた。

震える指で唇のラインをたどる。また、何か言ってみたくてたまらなくなっていた。

「——愛してる」

前に告げたのとは違う、嘘いつわりのない思いだ。ささやくだけで、愛おしさに胸が熱くなる。

令毅の瞳にまた涙がこみあげてきて、こぼれ落ちた。

それがあまりに綺麗で、伊沢は不器用に愛の言葉をもう一度繰り返す。

ささやくたびに令毅の瞳から涙があふれた。伊沢の言葉は、令毅の心を揺さぶることが出来ているのだろうか。泣かせたいわけじゃない。微笑ませたい。しかし、その泣き顔も愛おしかった。こんな顔を見ていられるのなら、百度でも千度でも言ってみたくなる。

——こんな簡単なことを、どうして俺は言えなかったんだろう。

こなしてしまえば、次からはさほど難しくない気がした。

見上げてきた瞳がキスをせがんでいるように思えて、そっと口づけると、令毅の身体が溶けていくのがわかる。少しずつ口づけが激しくなる。

噛みつくように口腔内に押し入り、舌をからめて吸い上げた。

息継ぎすら難しいほどの激しい口づけをしているのに気づいて、ハッと唇を離そうとすると、伊沢の首の後ろに令毅の手が回された。

「いい……から」

強引に奪うのではなく、心をわかちあったキスは、なおさら甘い。

その艶めいた吐息を吸いこむように、伊沢はさらに舌をからませた。力が入らないようにもたれかかってくる身体を両手で抱きしめ、離した口の端からあふれる唾液の跡をたどる。

唇だけではなく、他の場所にも口づけたくてたまらなくなっていた。

「いいか」

耳元でそっと尋ねる。

濡れた目をして、令毅は小さくうなずいた。

再び、深い口づけを交わす。奪うのではなく、愛おしみたいと思った。

伊沢の手が令毅の肌を暴いていく。壁に追い詰めて、司祭服の下に着ている着衣をすべて取り去り、尖った胸の突起を親指の腹で押しこむように刺激しながら、唇を首筋に寄せ、ところどころに赤く跡をつけた。

令毅の身体が熱く解け、吐き出す息に甘さが混じってきたのを確認して、立ったまま強引に貫いていく。

「つん！」

令毅が伊沢の背に回した腕に、力がこもった。令毅の片足を抱え上げて身体を安定させながら、さらに押し入ると令毅の内部は熱く溶けて締めつけてくる。

乳首に口づけて甘噛みを繰り返しながら、伊沢はその内部の感触を味わった。

ゆっくり動き出すと、令毅は不自由な身体をのけぞらせ、小さくあえぎ始める。

たまらない愛おしさを覚えた。

——幸せにしてやりたい。

切なげな吐息を漏らす唇を、唇でふさぐ。

崩れそうな身体を抱きしめて、伊沢はさらに動きを複雑にしていった。

下から絶え間なく突き上げると、令毅は悲鳴に似た吐息を漏らし続ける。

早く遅く、ときには腰を引いて、中を掻き回した。

「…つん、ん、ん……っ、あ……っ」

——神様ではなく、俺のものにしたい。

令毅の声がさらに艶やかに溶けていくのを聞きながら、伊沢の動きはさらにクライマックスに向けて激しくなる。

腰を打ちすえ、濡れた粘膜がこすれ合う音だけが響いた。

「令毅」

甘い声を漏らす令毅の耳朶に、噛みつくようにしてささやく。

「――俺のものになれ」

その代わり、自分のものはなんでも与える。神父を地に堕とした代償は払う。

次の瞬間、令毅の身体が大きく震えた。

「あ、……っぁあっ！」

ひときわ大きく漏れる声を聞きながら、伊沢は令毅の深い部分に愛の証しを流しこんでいく。

令毅の中がきゅうっとからみついた。

結合を解き、令毅の身体をソファに戻す。

まだ余韻にぼうっとしている令毅の頬に軽く口づける。見ているだけで心が騒ぐ奇跡の造形に、自制がまた効かなくなりそうだった。

令毅が長い睫《まつげ》を上げて、伊沢を見た。

まなざしがかすかに揺れていた。

さっきまでの激情が収まり、多少の冷静さが戻ってきた今、神父という仕事と思いの中で迷っているのかもしれない。

「どうするつもりだ、これから。俺を引き止めたからには、簡単には捨てられねえぞ」

恫喝するように、耳元でささやく。

「どうもこうも」

令毅が苦笑した。

「ごまかすつもりはないですよ。隠そうにも、主が見ておられますから」

きっぱりと言うと伊沢の肩を抱き寄せて、令毅の方から唇を奪ってくる。

誓いの口づけだと、伊沢は思った。

目を閉じる。

これからどんなことが待ち受けていようとも、二人で生きるのだと誓い合うようなキスだった。

唇が離れてから、伊沢は令毅の手を探って、ぐっとにぎりしめる。

令毅の白い手はすんなりと手の中に収まった。

――もう離さない。

伊沢は令毅にそう誓う。

〔九〕

教会を再建する音が、寒空に響き渡る。

コートの襟を立てて、令毅は工事の様子を眺めていた。

耐震補強のために聖堂も司祭館も一度完全に解体し、新たに元の部分を生かしてリフォームされることになっていた。

その新しい設計には、信徒や令毅の要望がふんだんに盛りこまれている。

——いいんだろうか。

伊沢にここまで甘えることになって。

令毅は青空にそびえたつ足場を眺めながら、白い息を吐き出す。

最初の借金といい、どれだけ金銭的な負担をかけているのかと思うと、申し訳なさに頭が上がらなくなりそうだ。

それでも伊沢にとっては大した額ではないらしく、『俺がおまえにひどいことをした詫び代わりに』と言ってくれるが、ここまで甘やかされるのも、どうしたものだか、と令毅は思う。

——でも、たぶん甘えて欲しいんだろうな。

伊沢の態度を見てると、そう思う。

つい癖でぶっきらぼうなことを言いかけては、頬を染めて言い直すなど、前の伊沢では考えられなかったことだった。

――すごく、大切にされている。

そんな実感があった。前は大切でもどう扱っていいのかわからずにいたものが、今では開き直って思いを素直に伝えようとしてきている。その違いなのかもしれない。

初めて人を好きになったという伊沢の態度は、誰の目から見てもそうとわかるぐらい令毅にばかり向いていた。

今は微笑ましい目で見守ってくれる信徒たちにも、近いうちに二人の仲がバレてしまいそうな気がする。それくらい、全身で令毅のことが好きだと告げてくるのだ。

――だけど、心配することは何もないのかもしれない。

令毅も伊沢のことが好きだ。

その気持ちは隠しようがない。

だから、近いうちにそのことを信徒に告げ、上部団体にも告げるつもりだった。神父の身分についても、そのときに相談する。どんな返事があるのかはわからないが、ごまかして生きていくよりも、伊沢との愛を隠さずに生きていきたい。それが、令毅の決断だ。

——少し、怖い。

だけど、これもたぶん試練だと思う。

踏み出すたびに、少しずつ令毅は強くなる。

強くなるための力が、自然と自分に備わっていくのを感じていた。愛されている自信が糧《かて》となる。つまずきながらも、進んでいける。そう思いたかった。

ふわりと、首にマフラーが巻きつけられる。

振り返るとそこに、伊沢がいた。

「迎えに来た」

伊沢が令毅のマフラーの形を整え、柔らかく微笑んだ。

伊沢は前よりも、ずっと優しくなった。たぶん、本来の伊沢の姿なのだろう。どこか皮肉気なまなざしと薄く笑みを浮かべている唇の形は変わらないが、令毅はその表情を透かして、魂の形を見ることができるような気がした。

聖堂と司祭館を建て直す間、令毅は伊沢のところで一緒に住んでいた。

そばにいると、より伊沢の温かさを感じる。

どれだけ令毅のことが大切なのか、日ごとに伝わってくる。

無愛想で口が悪く、照れ屋だから誤解されやすいだけだということがわかってきた。

今もわざわざマフラーを巻いてくるぐらいだし、過保護なほどかまいたがっているのだ。

見上げていると、不思議そうに伊沢が顔を寄せてきた。

「どうした？」

「いや。伊沢が可愛いなって」

「どういう意味？」

「言葉の通り」

一瞬絶句してから、伊沢は令毅の頭を小突いた。

「おまえのが、よっぽど可愛い」

くすぐったさと甘さが、令毅の胸にいっぱいに詰めこまれた。

じゃれながら、門から出る。

——ここの工事が終わるまで。

それまでには、たぶんいろんなことに結論が出ているだろう。

この教会で令毅は神父を続けられるかもしれないし、ダメかもしれない。それでも、令毅は伊沢の側で生きる。

その決意は変わらない。そして、この教会に通うのも赦してもらって、片隅ででも祈り続ける。

——愛しさを、愛を。

愛を伝える教えを、少しでも広めていきたい。愛を知り、より実感が持てるようになった心で、主の側に寄り添いたい。

伊沢の姿を見ているだけで、胸に温もりが広がる。

令毅が伸ばした手を、そっと伊沢が握りしめた。

心の奥まで甘く痺れた。

■あとがき■

神父です。神父服です。いいよね、あの服！　歯医者におけるマスクのごとく、理系白衣の眼鏡のごとく、そのアイテムを身につけただけで体内のボルテージを急上昇させる力があるというか。神父服を着ただけで、ハンサム&魅力度数倍アップですよ！

『そそそ、その服の構造はいったいどうなっているのかな？』などと声を上擦らせながら、まずは首のローマンカラーから乱していきたいですよね！

そして、資料調べとかで多くの神父画像見たのですが、あの服を着ているだけでたまんなくみんなハンサム！　なんかこう、清らかそうににっこり微笑まれたり、腹に一物ありそうに口元にやりされただけで、前屈みになりそうだったよ！　懐かしい単語、前屈み。たまには脳内の単語を虫干ししてやらないと！

「神父服を着てれば誰でもいいのか！」ってつっこまれそうですが、前〇王様のDVDを買ってしまいそうな勢いでした……。現より前のがかわゆい。あの白かったり、赤かったりするおべべもいいな……。中身まで美味しそうに見えるよな……。これ以上獣道に踏みこむのはいかがなものと自粛しましたが。そうでなかったら、私の友達は温泉につかりながら「〇王受」とかの話を聞かされていたかと……。

しかし、この話は「神父服を着ていれば誰だっていい」という攻と、「おまえの愛が信じられない」という受の話ではないのです。今までの私ならそのように思われそうですが、そういうのもかなり萌えますが、この話は違うのです。テーマは『贖罪《しょくざい》』と『赦《ゆる》し』なのです。社会的な地位もあるのですが、とある事情で素直になれずにグレグレな攻と、そのグレグレに手を焼きつつ、「おまえね」とツンデレしながら世話女房な神父受の話です。大人の立派な男が、受へのラブを素直に出せなくっていろいろ苦悩するのって、けっこう可愛いと思います。そんな話です。どうぞよろしく。

ということで、そんな素敵な神父や攻のイラストをつけてくださった明神翼《みょうじんつばさ》さま。本当にありがとうございました。ラフを見たときに、担当さんと「素敵ですね！」とうきうきしましたが、大人っぽい受と攻がすごく楽しみです。

そして、いろいろお世話になりました担当さんもありがとうございました。今後ともよろしくお願いします。

読んでくださった皆様にも、最大の愛と感謝を。よろしかったら、ご意見ご感想などお聞かせください。うきうきドキドキと待ってます。

・初出　十字架の愛罪／書き下ろし

この作品を読んでのご意見・ご感想をお待ちしております。
〒112-0004　東京都文京区後楽1-4-14
プランタン出版　f-LAPIS編集部
「バーバラ片桐先生」「明神 翼先生」係
または「十字架の愛罪 感想」係

f-LAPIS

十字架《じゅうじか》の愛罪《あいざい》

著者　バーバラ片桐（ばーばら　かたぎり）
挿画　明神 翼（みょうじん　つばさ）
発行　プランタン出版
発売　フランス書院
東京都文京区後楽1-4-14　〒112-0004
プランタン出版HP http://www.printemps.co.jp
電話（代表）03-3818-2681（編集）03-3818-3118
振替　00180-1-66771
印刷　誠宏印刷
製本　小泉製本

ISBN4-8296-5450-3 C0193

原稿募集のお知らせ

LAPIS LABELでは、ボーイズラブ小説を募集しています。

◆応募資格◆

オリジナルボーイズラブ小説で、商業誌未発表作品であれば同人誌でもかまいません。

ただし、二重投稿は禁止とします。

◆枚数・書式◆

400字詰（20字詰20行）縦書で70枚から150枚以内。手書き・感熱紙は不可です。

原稿には各ページ通しナンバーを入れ、クリップなどで右端を綴じてください。また原稿の初めに400〜800字程度の作品の内容が最後までわかるあらすじをつけてください。

◆注意事項◆

原稿は返却いたしません。

締切は毎月月末とし、採用の方にのみ、投稿から6ヵ月以内に編集部から連絡を差し上げます。有望な方には担当がつき、デビューまでご指導します。

作品には、タイトル・総枚数・氏名（ペンネーム使用時はペンネームも）・住所・電話番号・年齢・簡単な略歴（投稿歴・職業等）を記入した紙を添付してください。

投稿に関するお問い合わせは、封書のみで行っておりますので、ご注意ください。

◆宛先◆

〒112-0004　東京都文京区後楽1-4-14
プランタン出版
「LAPIS LABEL作品募集　○月（応募した月）」係

LAPIS LABEL